누구나 쉽게 작가가 될 수 있다

베스트셀러 작가가 되기 위한 출간 가이드

누구나 쉽게 작가가 될 수 있다

신성권 지음

모아북스
MOABOOKS

책을 쓴다는 것은 자신의 지식과 경험을 책에 담아 세상 사람들에게 도움을 주는 일이고, 더 나아가 이 세상이 더 좋은 방향으로 움직이도록 작용하는 거대한 힘에 합류하는 일이다. 또한 책은 작가 개인에게 최고의 명함이 되기도 한다. 책은 당신의 지식과 노하우를 세상 사람들에게 전달해 도움을 줌으로써 당신이라는 존재를 각인시킨다. 책은 밤과 낮을 가리지 않고 세상의 가장 낮은 곳부터 높은 곳까지 돌아다니며 당신의 이름을 계속 알리고 다닌다. 책이 당신 대신 돌아다니며, 일을 해주는 것이다.

책 쓰기는 사회적 발전의 측면뿐 아니라 작가 개인적 측면에서도 상당히 매력적인 행위임이 틀림없다. 그래서 많은 이들이 퇴근 후에도 피곤한 몸을 이끌고, 책 쓰기에 매달리고 있는 것이 아닌가. 이미 많은 사람이 글쓰기에 관심을 가지고 있고, 언젠가는 자기 이름으로 된 책을 출간하겠다는 목표를 세운다. 소위, 누구나 작가를 꿈꾸는 시대다. 이러한 트렌드를 반영하듯 시중에는 이미 책 쓰기와 관련된 도서가 넘쳐나고 있다.

이런 상황에서 책 쓰기와 관련된 책을 한 권 더 쓴다 한들 무슨 의미가 있겠느냐마는 그럼에도, 내가 이 책을 집필한 이유는 기존 책 쓰기 안내서에서 놓치고 있는 부분들을 적나라하게 다루고 싶었기 때문이다.

이 책은 다른 책 쓰기 안내서와 무엇이 다른가?
이 책의 특징은 다음과 같이 요약할 수 있다.

첫째, 작가의 실전 경험으로 집필한 책 쓰기 안내서
시중에는 책을 1~2권 썼거나, 무려 5~10명이 함께 쓴 공저로 책을 몇 권 내놓고는 전문가를 자처하며 책 쓰기 안내서를 집필하는 사람들이 많다. 물론 책을 무조건 많이 냈다고 해서 훌륭한 작가는 아니다. '한 권 작가'도 충분히 훌륭한 작가일 수 있지만,

직접 책을 써본 경험이 빈약하면, 책 쓰기의 현실과 예비 저자가 마주할 어려움에 대해 감각이 둔할 수밖에 없다. 집필 경험이 빈약한 작가들이 쓴 책 쓰기 비법서는 그 내용이 서로 약속이라도 한 듯 놀랍도록 유사한데, 이는 실전 경험이 빈약하여, 이미 누군가가 써놓은 책 쓰기 안내서를 그대로 짜깁기하여 반복 재생산한 결과다.

이 책을 포함해, 2023년 초 기준, 필자는 10권의 책을 출간했다. 출판사에서 원고 청탁이 계속 들어오는 중이기 때문에, 앞으로도 신간은 계속 나올 것이다. 물론, 필자보다 책을 많이 써본 작가들은 얼마든지 있겠지만, 필자의 나이는 33세로(이 책의 원고를 완성한 시점) 그리 많은 나이가 아님을 알아둘 필요가 있다. 연령 및 경력 대비 필자보다 많은 책을 쓴 작가들은 국내에 그리 많지 않다. 더욱이, 필자는 하루 24시간을 책 쓰기에만 투자할 수 있는 사람이 아니다. 직장과 대학원을 병행하며, 자투리 시간만을 활용해, 원고를 집필한다. 필자는 하루 2시간 정도를 책 쓰기에 할애하며, 그렇게 2개월이면 책 한 권 분량의 원고가 완성된다. 그렇다고 책의 질이 떨어지느냐? 결코 아니다. 필자의 책은 각각 2021년, 2022년 문화체육관광부 세종도서(우수교양도서)

로 선정되는 등 양서(良書)로서 공신력을 인정받았다. 참고로, 문화체육관광부에서 주최하는 세종도서 선정 사업은, 국비가 투입되고 수십 명의 교수와 평론가로 구성된 심사위원들이 엄격한 심사를 거듭한 끝에 양서를 선정하는 것으로서, 국내에서 가장 공신력 있는 우수도서 선정사업이라고 할 수 있다. 그만큼 경쟁률이 치열하며, 잔뼈 굵은 중견 작가조차 어지간해선 보유하기 힘든 수상 이력에 해당한다.

필자는 그동안 다작을 통해 공신력 있는 도서들을 배출했으며, 직접 경험한 시행착오를 바탕으로 예비 저자들이 미리 알아두면 반드시 도움이 될 정보만을 엄선하여 이 책에 정리해두었다. 1~3장은 작가로서의 마인드셋을, 4~8장은 책 집필과 직접적으로 관련되는 노하우를 다루고 있다.

둘째, 허세와 거품을 빼고, 알맹이를 제대로 전달하는 책 쓰기 안내서
시중에 판매되고 있는 책 쓰기 안내서는 대부분 책 쓰기 수강 등록을 노린 것들로, 책 소개만 보면 마치 책 쓰기에 대해 모든 것을 알려줄 것처럼 적어놓았지만, 정작 본문에서는 중요한 알맹이가 빠져 있다는 인상을 지울 수 없었다. 책 쓰기에 대해 더 자세히 알고 싶으면, 수강 등록을 하라는 것이다. 또한, 작가들이 자기 자랑하는 내용으로 원고를 채우느라 독자들에게 꼭 필요한 정보가 비중 있게 다루어지지 못하는 경향이 있었다.

독자들의 돈과 시간은 귀중하다. 더 이상 작가들의 허세와 뜬구름 잡는 내용에 에너지를 낭비할 필요가 없다. 필자는 모든 허세와 거품을 빼고, 최대한 현실에 기반하여 각 장에서 알맹이를 간결 명확하게 전달하는 데 집중했다. 또한, 필자의 성공 사례뿐만 아니라 초보 작가 시절의 뼈아픈 시행착오까지 이 책에 모두 풀어냈다. 여러분들이 필자와 같은 실수를 저지르지 않기를 바라기 때문이다. 이 역시 다작하는 작가로서 실전 경험이 풍부하기 때문에 가능한 것이다.

여기서 끝이 아니다. 독자에게 직접 도움이 되는 정보는 단연코, 출판사 연락정보일 것이다. 출판사에 도착한 대부분의 원고는 바늘구멍을 통과하기 위해 박 터지게 경쟁한다. 결국, 작가로 데뷔하는 것은 보유한 출판사 리스트의 양에 달려 있다고 해도 과언이 아니다. 출판사 리스트를 40개 보유한 사람과 400개 보유한 사람이 각각 원고를 투고한다고 할 때, 누가 작가로 데뷔할 가능성이 높겠는가?

필자는 이 책의 부록에 출판사 리스트 400여 개를 첨부했다. 이 책의 가격은 1만5,000원 정도이겠지만, 이 책에 첨부된 출판사 리스트는 그 자체로 10만 원 이상(최저로 잡아도)의 가치가 있다. 배보다 배꼽이 더 큰 서비스라는 사실을 알아두길 바란다. 이 리스트는 필자가 원고를 투고할 때, 실제로 사용하는 리스트이므로 신뢰해도 좋다.

셋째, '기술 + 좀 더 깊은 생각'을 전달하는 책 쓰기 안내서

작가의 꿈을 이루기 위해, 책 쓰기에 도전하는 행위 자체는 응원해주고 싶으나, 책 쓰기 유행에 따른 부작용도 언급하지 않을 수 없다. 요즘처럼 너나 할 것 없이 책 쓰기에 도전하는 시대에는 속 빈 강정 같은 책도 넘쳐날 수밖에 없는데, 이러한 작태는 작가를 무분별하게 찍어내고 있는 '책 쓰기 학원'과 '책 쓰기 교재'에도 분명 책임이 있다. '작가'라는 타이틀을 만들어주겠다고, 기술적인 면에만 대단히 의존하게 만들기 때문에, 하나같이 조미료 맛이 나고 붕어빵 같은 책들이 양산되고 있는 것이다.

필자는 독자들에게 다소 불편함을 줄지언정 자기 객관화를 유도하는 냉정하고 현실적인 메시지를 담기 위해 노력했다.

이 책은 넓게 보면 자기계발서이고, 좀 더 세분화해서 들어가면 노하우를 전달하는 방법서에 속한다. 방법서의 가장 큰 특징은 독서의 효과가 독자의 실천력에 달려 있다는 것이다. 책에 아무리 유용한 정보가 담겨 있어도 독자의 실행력이 꽝이면, 현실에 아무런 변화가 나타나지 않는다. 문제는 언제나 실행력에 있다.

작가가 되고 싶다면, 지금 당장 책 쓰기에 임해야 한다. 하버드 박사학위를 취득한 다음에, 100억 부자가 된 다음에, 대기업 사장이 된 다음에, 지금보다 사정이 더 나아진 다음에 책을 쓰겠다고 한다면 당신은 앞으로 영원히 책을 내지 못할 수 있다. 지금 당신이 가진 조건으로 바로 책 쓰기에 도전하고, 바로 결과를 내야 한다.

당신이 필자를 믿고 책 쓰기에 꾸준히 매진한다면, 반드시 멀지 않은 시일 내에 작가로 데뷔할 수 있음을 확신한다. 필자를 믿고 따라와 주길 바란다.

신성권 작가

차례

3장 작가에게 필요한 마인드셋

4장 기획하기 : 책 쓰기의 시작

5장 원고 집필하기

6장 원고 투고하고 출판사와 계약하기

7장 출판의 방식

8장 편집과 출간

원고 작성에서 출간까지 한눈에 보기

＊**원고 작성 및 투고**(작가)

작가가 직접 원고 기획을 하여 출판사에 투고하는 경우가 일반적이며, 이와 반대로 출판사가 기획안을 만들고 적절한 퍼포먼스를 낼 수 있는 작가를 직접 섭외하기도 한다. 원고 투고 시 경쟁률은 기본 100 : 1에 육박한다.

＊**출판사와 계약 진행**

인세 등 계약 조건, 출간시기, 출간 부수, 마케팅 방안 등 논의

＊**출판사에 최종원고 전달**(작가)

최종원고는 편집 과정에 바로 들어가도 될 정도의 원고를 말한다.

＊**편집, 본문 교정 및 교열, 제목 및 부제 정하기**(출판사)

＊**표지 디자인 및 내부 디자인 제작**(출판사 OR 외주)

＊**최종 확인**(작가)

최종 검토를 통해 추가로 발견되는 오류를 잡아내고, 출판사에 수정을 요구한다.

＊**인쇄 발주**(출판사) **및 제작**(인쇄소)

＊**마케팅, 보도자료 작성, 신간 소식 홍보**(출판사)

요즘은 작가도 도서 홍보에 적극적으로 가담하는 추세다. 책 홍보를 오롯이 출판사에만 맡겨서는 안 된다.

＊**서점에 도서 출고**(출판사)

1장

책을 많이 읽는다고
삶이 달라지진 않는다

읽는 걸로는 **부족**하다. 이젠 **써야** 한다

*
읽기가 지팡이에 의존하여 길을 걷는 것이라면,

쓰기는 지팡이를 내던지고 자신의 두 발로 길을 걷는 것에 비유할 수 있다.

다리의 근력을 제대로 기르려면, 자신의 두 발로 직접 걸어야 한다.

- 신성권 작가

독서가 주는 유용함

첫째, 필요한 지식과 정보를 습득하고 창의성의 재료를 발견할 수 있다.

둘째, 지식과 정보를 해석하고 판단하는 능력을 기를 수 있다.

셋째, 간접 체험을 통해 세상을 보다 넓게 이해할 수 있다

독서는 이미 성공한 사람들의 공통적인 습관으로 언급된다. 독서를 한다고 해서 무조건 성공하는 것은 아니지만, 성공한 사람들의 95% 이상이 애독가라는 것이다.

독서의 중요성에 대해서는 사회적으로 많은 공감대가 형성되어 있다. 거기다 독서는 책 살 돈만 있으면 누구나 시도할 수 있는 진입장벽이 낮은 자기계발이다. 그래서 독서는 가장 흔하고 보편적인 자기계발의 수단이며, 실로 많은 사람들이 독서에 몰입하고 있다. 하지만, 독서에 빠진 사람들은 곧 뭔가 잘못되어가고 있다는 것을 깨닫게 된다. 책을 많이 읽어서 꽤 박학다식해졌고, 의식도 제법 성장했지만, 자기 인생에 근본적인 변화(자기만족 수준을 넘어서는 변화)가 나타나지 않기 때문이다.

왜 그럴까?

이유는 크게 두 가지다.
첫째는 '실천'의 부재다. 아무리 좋은 책을 읽는다고 해도, 그것을 현실에서 실천하지 않으면 아무런 의미가 없다. 글을 읽기만 해서 인생이 바뀐다면, 오히려 그것이 더 이상한 것이다.

둘째는 '쓰기'의 부재다(이 책의 주제는 '글쓰기'와 관련이 있으므로, 여기에 더 집중해서 서술하도록 하겠다). 성공한 사람은 대부분 책을 많이 읽는 다독가이다. 이 점은 분명하다. 하지만 이들은 글을 읽기만 하는 사람들이 아니라 '쓰기' 도 하는 사람들이라는 점을 간과하지 말아야 한다. 잘 생각해보라. 현재 국내외를 막론하고 소위 잘 나간다는 지식인, 성공한 사업가, 교육자를 보면 독서는 기본이고 평소에 많은 글을 쓰고 있음을 알 수 있다. 이들은 책을 많이 읽지만, 동시에 책을 많이 쓴다. 독자인 동시에 작가인 것이다.

책을 많이 읽고, 또 많이 사색한다고 해도 읽기는 결국 자기 성장에나 적합할 뿐이다. 성장을 넘어 자기 인생에 변화를 초래하고 다른 사람들의 인생에 영향력을 행사하려면, '쓰기' 가 필요하다. '성공' 이라는 것은 다른 사람에게, 더 나아가 이 세상에 영향을 미칠 수 있는 힘을 전제하는 개념이다. 이 점에서 읽기를 통한 의식수준의 성장은 말 그대로 자기 울타리 안에서의 혁명에 불과하다. 독서가 성공한 사람들의 공통적인 습관인 것은 맞지만, 이들이 독자인 동시에 작가라는 사실을 결코 간과하지 말아야 한다. 자기 울타리를 넘어, 타인과 사회에 지적 영향력을 행사하기 위해서는 글을 써야 한다.

글쓰기는 대체 어떤 이유로 강력한 무기가 될 수 있는 것일까?

꼭 책의 형태가 아니라도, 글쓰기는 결코, 글쓰기만으로 끝나지 않는다. 글쓰기는 모든 학문과 예술에 있어 근간이 되기 때문이다. 기자든, 작가든, 교육자든, 화가든, 작곡가든, 논문을 쓰는 학자든 글쓰기는 자신만의 고유한 사상을 정리하고 전달하는 가장 기본적인 수단이다.

제아무리 천재적인 발상을 해냈더라도 그것을 글로 풀어 사람과 조직을 설득시키지 못한다면 인정을 받을 수 없다. 공감 능력이라는 게 꼭 주변 사람들과 잘 어울릴 수 있는 사교성 내지, 친화력 또는 분별력 없는 배려심을 의미하진 않는다. 자기 생각을 정확하고 효율적이며 효과적으로 전달할 수 있는 능력, 그리고 반대로 그렇게 상대방의 생각을 받아들이고 정리할 수 있는 능력 또한 공감 능력이다. 새로운 생각을 하고 타인들로부터 공감을 이끌어낼 수 있는 능력은 자기 생각을 글로 정리하는 것에서 시작한다. 그래서 글쓰기는 모든 학문과 예술의 근본적 역량이라 할 수 있다.

글쓰기로 얻을 수 있는 것들

첫째, 자신만의 상상력을 최대한 동원해야 하므로, 깊게 생각하는
　　　능력을 기를 수 있다.

둘째, 자신의 생각을 논리적으로 정리할 수 있는 능력을 기를 수 있다.

셋째, 자신의 논리를 알기 쉽게 표현하는 능력을 기를 수 있다.

넷째, 사람들과 소통하고 공감하는 능력을 기를 수 있다.

글쓰기는 인간의 이성과 감성이 고도로 융합된 창작행위로 인공지능이 쉽게 대체할 수 없는 영역이기도 하다. 현재, 육하원칙에 따라 기사를 쓰고, 소설을 쓰는 인공지능이 등장했지만, 인간이 가진 특유의 감성과 상상력, 어휘구사력을 완전한 수준으로 모방해내지는 못한다.

챗GPT를 비롯한 인공지능이 인간의 창의적 상상력과 어휘구사력을 완벽한 수준으로 따라잡았다고 하자. 그러면 인간은 더 이상 사색과 글쓰기를 할 필요가 없는 것일까? 어차피 인공지능이 모든 주제의 글을 써줄 수 있으므로, 작가는 이제 할 일이 없게 되는 것일까?

전혀 그렇지 않다. 인공지능은 창작의 모든 과정에 관여하진 않는다. 창작의 일부 과정에서 기능을 대신할 뿐이다. 인공지능이 써준 글을 토대로 자신의 의도에 맞게 각 문장을 취사선택하고, 아이디어를 보태고, 감성을 어필하고, 윤문을 하는 것은 결국 인간이라는 말이다. 원래 글을 잘 쓰던 사람은 인공지능을 활용해 그 능력을 더욱 극대화할 수 있을 것이다. 반면, 사색하는 능력과 글쓰기 능력이 없는 사람은 인공지능이 써준 글을 그대로 복사 붙여넣기 하는 수준에서 크게 벗어나지 못할 것이다. 인공지능에게서 더욱 고차원적인 대답을 얻어내는 것도, 인간의 지적 수준에 달려있다.

책 읽기

다른 사람의 길을 가보는 것, 흉내 내는 것 → 지식의 습득과 의식의 성장

글쓰기

읽기를 토대로 자신만의 생각, 가치관, 지적 개성을 형성하고 체계적으로 정리하는 행위. 자기 발전을 넘어 타인에게 지적 영향력을 행사할 수 있는 기본 수단으로, 개인의 삶에도 변화가 나타나게 됨

최고의 글쓰기는 책 쓰기다

지적 능력을 지닌 인간에게 있어 글쓰기는 그 자체만으로도 충분히 보상이 되는 위대한 행위다. 하지만 우리는 단순히 글을 쓰는 수준에서 한 단계 더 나아가야 한다. 모든 글쓰기의 끝판왕은 단연코 '책 쓰기' 이기 때문이다. 종이책이든, 전자책이든 형태는 별로 중요하지 않다. 책을 쓴다는 것은 독자의 위치에서 벗어나 저자의 위치로의 도약을 의미하고, 단순히 '글을 쓰는 사람' 에서 '공식적으로 글을 쓰는 사람' 으로의 도약을 의미한다.

즉 비전문가와 전문가를 경계 짓는 하나의 선이 되는 것이다. '독자' 와 '저자' 사이에는 띄어 쓰기가 한 칸 들어가 있지만, 사실 그 한 칸의 공백 속에는 15만 자 이상의 글자가 숨어 있다. 왜냐하면, 책 한 권에는 대략 15만 자의 글자가 들어가기 때문이다. 그리고 딱 그만큼 사회적 인식과 대우에서 차이가 생긴다.

책을 쓴다는 것은 단순히 자신의 지적 만족을 충족시키는 과정이 아니다. 당신의 지식과 경험을 과거와 현재, 멀게는 미래 세대에게 넘겨줌을 의미한다. 독서는 한 개인의 의식을 성장시켜주지만, 책 쓰기는 주변 동료, 조직, 사회에 보다 좋은 아이디어, 더 나은 통찰과 사상을 제공해주는 과정이다.

철학자나 과학자들의 성공을 논할 때, 기준이 되는 것은 그들의 학교 성적표가 아니다. 그들이 새로운 사상과 이론을 창안하여, 사회에 얼마나 큰 기여를 했는가를 가지고 그들의 공로를 평가한다. 책을 쓰는 것도 이와 크게 다르지 않다. 기존의 지식과 정보를 참고하여, 자신만의 견해를 형성하는 일이고, 자신도 모르게 이 세상이 더 나은 방향으로 발전할 수 있도록 기여하는 일이다. 학교 시험에서 아무리 100점 맞아도, 그것은 이미 세상에 나와 있는 기존의 지식을 그대로 흡수하여 시험지에 그대로 서술하는 행위밖에 되지 않는다. 이 점에서 책 쓰기는 그동안 우리가 해왔던 공부를 훨씬 능가하는 행위다. 사회는 책을 100권 읽은 사람보다, 그 분야의 책을 1권 쓴 사람을 더 전문가로 인정해준다.

책 쓰기는 이제 필수다. 대학교수, 변호사, 의사 등 전문직도 마찬가지다. 똑같은 전문직이고, 똑같은 수준의 전문성을 가지고 있더라도 자기 저서를 가진 전문가와 그러지 못한 전문가의 차이는 크다. 전문가가 책을 쓴다는 것은 자신의 '전문성' 과 '대중적 수요' 의 접촉면을 확대하는 작업이기 때문이다.

한 권의 책은 당신이 쉬고 있는 동안에도, 잠자는 동안에도, 이 세상의 가장 낮은 곳부터 높은 곳까지 돌아다니며, 독자에게 당신의 지식과 정보를 전달한다. 책이 당신의 일을 대신해 주는 것이다.

책은 독자들에게 도움을 주는 동시에, 당신이 어떤 사람인지를 목에 힘주어 말하고 다닌다. 그래서 책 쓰기는 평범한 사람이든, 이미 전문가로 활동하고 있는 사람이든 필수라고 할 수 있다.

책은 **자신**을 세상에 **증명**하는
가장 **효과적인 수단**이다

*

사람들은 책을 쓴다. 바쁘다고 아우성치면서도 돌아앉아 책을 쓴다. 왜 그렇게 책을 쓰는 것일까? 블로그처럼 재미삼아 쓰는 것도 아니고, 술자리와 밤잠을 줄여가며 왜 그렇게들 쓰는 것일까? 쓰는 사람마다 동기는 다르겠지만, 그들 누구나 손꼽는 이유 하나가 있다. 책 쓰기가 가장 값싸고 가장 빠르고 가장 효과가 확실한 자기 마케팅의 수단이라는 것! 당신의 수고로움만 뺀다면 비용도 전혀 들지 않는다.

- 송숙희, 〈당신의 책을 가져라〉 25쪽

 인간은 동물 중에서도 가장 잘난 척하길 좋아하는 동물이다. 겉으로는 아닌 척해도 유명해지길 바라고 사람들로부터, 사회로부터 주목받기를 원한다. 인간은 태생부터가 '관종(관심 종자)'이다. 그리고 글은 자신의 업적과 성취를 주변에 알리는 데 가장 효과적인 수단이다. 글이 가지고 있는 특유의 권위와 비휘발성 때문일 것이다. 그래서 과거든 현재든 많은 사람들이 글쓰기에 매달리는 것이다.

책이 출간이 되는 순간 글에 공신력과 권위가 부여된다. 이를 부정할 수 있는 사람은 아무도 없다. 필자는 이미 서두에서 허세와 거품을 모두 제거하고 현실에 기반한 책 쓰기 안내서를 썼다고 밝혔다. 여러 서적에서 한 입처럼 말하는 책 쓰기의 효과가 너무 과장된 것은 아닌지 여러 번 의심하고 조사해봤지만, 책 쓰기가 자신을 세상에 드러내는 가장 효과적인 방법 중 하나라는 사실을 부정할 수가 없었다.

필자도 경험해봤지만, 그다지 특별할 것 없어 보이는 사람들이 책 쓰기를 통해 특별한 사람으로 인식되고, 사회에 영향력을 행사하는 경우를 많이 봐왔기 때문이다. 실력은 있지만, 돈과 인맥이 부족하여 주목받지 못했던 사람들이 책 쓰기를 통해 숨겨진 내공을 증명해내기도 한다. 이미 잘나가는 사람들도 마찬가지다. 우리 사회를 이끌고 있는 정치인, 경제인, 지식인이 퇴근 후 고생해가며 책을 쓰는 데는 다 이유가 있다. 심지어 SNS나 유튜브로 이미 유명해진 사람들조차 책을 쓰는 실정이다. 이들은 뭐가 아쉬워서 책을 쓰고 있는 것일까? 유튜브 조회 수가 며칠 만에 수십만을 찍는 사람은 책 쓸 시간에 차라리 영상 몇 개 더 제작하는 편이 낫지 않을까? 그래도 그들은 책을 쓴다. 왜일까?

필자는 분명하게 말할 수 있다. 책 쓰기만이 가져다줄 수 있는 효용이 있기 때문이라고(물리적 형태의 비휘발성과 지적 권위는 책 쓰기만이 가져다 줄 수 있는 효용이다). 유튜버로서 책을 출간하면, 기존 구독자들과의 연결을 더욱 공고히 할 수 있을 뿐만 아니라, 기존 구독자 외에 또 다른 타깃들에게 자신의 브랜드를 알리는 효과를 볼 수 있다. 이것이 가능한 이유는 유튜브가 제공해줄 수 없는 차별적 성격이 책이라는 매체에 존재하기 때문이다. 책 쓰기로 기대할 수 있는 효과가 충분하지 않다면, 이익과 손해에 대해 철저하게 냉정한 사고를 가진 이들이 한가하게 책상에 앉아 책이나 쓰고 있을 리 만무하다.

역설적으로 들릴지 모르지만, 이미 성공한 사람일수록 책 쓰기를 더 해야 한다. 이룩한 사회적 성취가 크고 유명한 사람일수록, 책 쓰기의 효과가 비례해서 폭발적으로 증대하기 때문이다. 이들이 쓰는 책은 출간 이후 그 인기에 힘입어 베스트셀러 순위권에 진입할 가능성이 매우 높고, 그렇게 해서 얻은 '작가' 와 '베스트셀러'라는 명패는 또 다른 사회적·경제적 가치를 획득할 수 있는 발판이 된다. 강의 제안도 더 많이 들어오게 되고, 강의 료도 더 높아지게 된다.

단순히 '유명한 사람', '성공한 사람'에서 '지식인', '교양인'으로 이미지 변신을 하는 것은 덤이다. 성공한 사람들은 그만큼 똑똑하기 때문에 이 원리를 잘 알고 있다. 이들이 얻는 것은 인세가 다가 아니다. 이들이 책을 팔아서 모은 인세를 사회에 기부하겠다고 초연한 모습을 보이는 것은, 선심일 수도 있지만, 이미 목표로 했던 책 효과를 충분히 거두었기 때문이라고도 할 수 있다. 인세 외에 다른 것에서 얻는 부가적 이익의 총합이 훨씬 더 크다는 것을 알아두기 바란다.

결국, 힘이 약한 사람이든 이미 성공한 사람이든 각자 책 쓰기에 매달리는 이유가 있다. 실력은 있으나 돈과 인맥이 부족한 사람은 자기 자신을 세상에 알리기 위해, 내공을 증명하기 위해 책을 써야 하고, 이미 모든 것을 갖춘 사람은 자신의 성취를 세상에 알리고, 물리적 형태로 근거를 남기기 위해, 그리고 연쇄반응을 통해 자기 가치를 더욱 극대화하기 위해 책을 써야 한다.

책을 **쓰려면** 책을 많이 **읽어야** 할까?

 평소에 책을 가까이 한 사람일수록 책 쓰기에 유리한 것은 사실이다.

책 쓰기란 결국 텍스트를 다루는 일이기 때문이다. 텍스트를 읽고 분석해서 새로운 텍스트를 창조해내는 게 작가들의 일이다. 책을 많이 읽은 사람들은 텍스트에 대한 숙달도가 높기 때문에 그것을 훨씬 능숙하게 다룰 수 있다. 수많은 책을 읽었으니 책의 기본적 구조와 논리 전개 방식에도 이미 익숙해져 있을 것이다. 좋은 문장들도 눈에 익혔으니 상대적으로 완성도 높은 좋은 문장을 구사할 가능성이 크다.

문제는 평소에 책을 가까이하지 않던 사람이 작가가 되기 위해 책을 쓰는 경우다. 평소 글을 읽지 않은 사람들은 텍스트에 대한 해석력이 부족해서 책을 쓰기는커녕 제대로 읽는 것조차 힘들어 한다. 한마디로, 글을 읽었는데 머릿속에 잘 들어오지 않고, 이해력이 떨어지는 것이다. 문장 하나하나는 분명 이해가 되지만, 글 전체를 종합적으로 판단하는 능력이 부족한 경우가 부지기수다. 종합적 독해력이 부족한 사람은 글의 핵심 내용이 무엇인지, 각 문장이 어떠한 관계를 맺어 정보를 전달하고 있는지에 대해 감각이 둔하다. 이러한 사람들이 글을 쓰면 일관성 있는 글이 나오지 않고 앞뒤가 다르고 중언부언하는 글이 나오게 된다. 작가는 기본적으로 공부하는 사람이고 연구하는 사람이다. 학습 능력과 자기 표현에 문제가 있다면 연구를 진행할 수가 없다.

그렇다면 평소 책을 멀리한 사람들은 책 쓰기를 접어야 하는 것일까?

책을 쓰기 위해 먼저 수천 권의 책을 읽어서 다독가가 되어야만 할까?

이에 대한 필자의 대답은 명료하다.

책을 많이 읽은 사람일수록 책 쓰기에 유리한 것이 사실이지만, 자기가 쓰려는 주제와 관련 있는 분야의 책을 선택해서 집중적으로 읽는다면, 많은 양의 책을 읽지 않은 사람도 충분히 한 권의 책을 써낼 수 있다.

당신이 만약 심리 분야에 관한 책을 내고 싶어한다고 가정해보자. 그러면 당신은 해당 분야의 책을 50권 이상 엄선하여 아주 깊이 있고 전략적으로 독서를 하면 된다. 논문도 겸해서 읽으면 좋다. 이 과정에서 해당 분야에 대한 배경지식이 쌓이게 되고, 최소한 해당 분야의 책이라면 막힘없이 독파해낼 수 있는 지적 역량을 갖추게 된다. 이 상태에서 해당 분야의 주제로 책 한 권쯤은 충분히 써낼 수 있다. 책을 1만 권 이상 읽은 만물박사가 되어서 책을 쓸 수도 있지만, 꼭 이러한 경지에 도달해야만 책을 쓸 수 있는 것은 아니다.

일단 집필을 계획한 분야의 책을 선택 집중적으로 독파하고, 자료를 수집하는 것이 관건이다. 기존의 지식과 정보를 습득하고 정리해서 그 위에 자신만의 견해를 덧붙이는 것이, 보통의 지적 역량을 지닌 사람들이 책 쓰기를 하는 방법이다.

평소 책을 가까이 하지 않은 사람은 글쓰기에 서툴 수 있지만, 자료를 수집하고 분석하는 과정에서, 원고를 쓰는 과정에서 실력이 저절로 향상되니 걱정할 필요가 없다. 책을 쓰는 과정에서 우리는 다양한 자료를 모으고 분석하고 정리하게 되어 있다. 자연스럽게 텍스트에 대한 노출도가 높아지는 것이다(첫 번째 책을 냈을 때와 두 번째 책을 냈을 때, 글쓰기 실력에도 분명히 큰 차이가 나게 되어 있다). 그보다도 책 쓰기의 본질은 콘텐츠의 전달에 있음을 명심하길 바란다. 독자들에게 유용한 콘텐츠를 이해하기 쉽고 흥미롭게 풀어내는 것이 책 쓰기에서 말하는 글재주의 핵심이다. 전달력이 좋으면, 표현이 다소 세련되지 못하고 투박해도 문제가 되지 않는다. 작가에게 요구되는 글쓰기 실력이란 거창한 것이 아니다. 글의 논리성, 통일성, 완결성을 유지하면서 콘텐츠를 가독성 있게 전달하는 것이 거의 전부다.

글쓰기의 3원칙

논리성 : 주장에 대한 근거가 적절하고 글의 전개 과정에 모순이 없다.

통일성 : 중언부언하지 않고 하나의 주제에 대해 일관성 있게 말한다.

완결성 : 구성과 마무리가 충실하며 글을 쓰다 만 것 같은 느낌을 주지 않는다.

작가가 된다는 것

작가란 무엇인가?

요즘 책 쓰기를 통해 작가가 되려는 사람들이 많아지고 있다. 작가의 꿈을 이루기 위해, 너도나도 책 쓰기에 도전한다. 필자는 책 쓰기에 도전하는 행위 자체에 많은 가치를 부여한다. 책을 쓴다는 것은 자신의 지식과 경험을 책에 담아 세상 사람들에게 도움을 주는 일이고, 더 나아가 이 세상이 더 좋은 방향으로 움직이도록 작용하는 거대한 힘에 합류하는 일이기 때문이다.

하지만, 책 쓰기 유행에 따른 부작용도 언급하지 않을 수 없다. 많은 사람들이 작가가 되는 것에만 혈안이 되어, 어떻게든 책 한 권 내보고자 기술적인 면에 대단히 의존하게 되고, 그 결과 영혼 없는 책들이 대량 제작되어 세상에 유통되고 있기 때문이다.

'작가'라는 말도 여기저기서 많이 쓰이고 있다. 책을 출간하는 순간 누구나 작가가 되기 때문이다. 필자는 여기에 대해 별다른 느낌이 없었지만, 어느 순간부터 약간의 불편함이 느껴지기 시작했다. 책을 출간했다고 해서 바로 작가가 되는 게 맞는 것일까? 이 세상에는 좋은 책도 많지만, 악서도 많다. 이 세상에는 사실관계가 엉망인 책도 있고(모든 책에는 크고 작은 오류가 있게 마련이지만, 상식적인 수준을 넘어서는 책이 있다), 논리가 엉망인 책도 있고, 독자를 기만하고 혼란스럽게 하는 책도 있다. 과연 자신의 지적 허영심을 채우기 위해 책을 엉망으로 쓴 사람들에게도 작가라는 호칭을 붙여줘야 하는 걸까? 작가는 창작하는 사람이고, 지식인이고, 예술가다.

물론, 작가에 대한 정의는 정해져 있지 않다. 누가 강제로 정할 수 있는 것도 아니다. 하지만 요즘처럼 너나 할 것 없이 책 쓰기에 달려드는 시대엔 작가가 누구인지에 대해 아주 많은 생각을 하게 된다. 작가에 대한 필자의 소신은 이렇다.

"작가는 책을 쓰는 사람이지만 책을 썼다고 해서 작가가 되는 것은 아니다(이 책의 다른 부분에서 책을 쓰면 작가가 된다는 표현을 사용하고 있지만, 이 책은 독자들이 작가로서 최소한의 소양을 보유했음을 전제로 그런 표현을 쓰고 있다)."

작가가 되려면, 책이라는 물리적 결과물만으론 부족하다. 여기에 무형적인 다른 요소가 첨가되어야 한다. 이를 좀 더 구체적으로 설명하면 다음과 같이 4가지로 정리할 수 있다.

첫째, 작가는 독창성이 있어야 한다.

어떤 면에서 작가란 삐딱한 사람이고, 기본적으로 괴짜다. 정론, 통념 따위에 굴복하지 않고 자신만의 이론을 펼쳐 세상 사람들을 설득하는 사람이 작가다. 자기만의 정신세계가 뚜렷하고 생각이 분명한 사람들이 작가를 하기에는 매우 적합하다(이러한 작가로서의 성향은 무난한 조직 생활을 하기에 부적합할 수 있다). 독창성이 없는 작가는 자기 생각이 없고, 책 쓰기 기술에만 의존하기 쉬우며, 자기가 빠진 영혼 없는 책을 만들게 된다. 남들과 똑같은 생각을 해서는 작가로서 좋은 평가를 받기 어려울 것이다. 모두 A 방향으로 가자고 하는데, 과감하게 B 방향으로 가야 한다고 주장할 수 있어야 한다.

창의성은 대개 삐딱한 시선에서 나온다. 창의성은 남들이 전혀 생각하지 못한 것을 생각하는 과정에서 튀어나온다. 물론 책의 100%를 자기 생각만으로 채울 수는 없다. 기존의 자료를 활용해야 한다(이는 어디까지나 자신의 주장을 뒷받침하는 근거로 활용될 뿐이다). 세상에 존재하는 통념을 모두 부정하면, 설득력이 떨어지고, 공감을 얻기 어렵기 때문에 기존 통념을 70%를 따르되 그 위에 자신만의 30%를 얹어 글을 쓰는 것이 좋다.

또한, 독창적인 작가라도 책의 콘셉트에 따라 쓰는 방법을 달리해야 한다. 수험서의 경우, 작가의 주관적 생각보다는 객관적 사실과 통념을 전달하는 것에 초점을 두어야 한다. 지식의 효율적 습득과 시험의 합격이 독자들이 기대하는 최고 효용이기 때문이다.

둘째, 작가는 학습 능력에 문제가 있어서는 안 되며, 공부하고 연구하는 것을 좋아하는 사람이어야 한다.

앞서 작가는 독창성이 있어야 한다고 했다. 독창성이란 기존의 통념에서 약간 다른 방향을 제시할 수 있는 작가의 지적 안목을 말한다. 하지만 독창성의 발현이 가능하려면, 먼저 기존의 지식에 대한 학습과 연구가 필요하다. 기존의 지식에 대한 이해가 없이 독창성을 발휘하는 것은 말이 되지 않으며, 섣부른 주장으로 망신을 당할 수 있다. 그래서 작가는 방대한 분량의 책과 연구 자료를 읽고 제대로 이해할 수 있을 만큼의 지적 능력이 필요하고 또 그것을 즐길 수 있어야 한다.

셋째, 작가는 만족하지 않는 사람이어야 한다.

작가는 분명한 자기 생각을 가져야 하지만, 자기 생각에 너무 갇혀서도 안 된다. 항상 공부하고 연구해서 기존보다 진보한 새로운 생각을 해낼 수 있어야 한다. 진정한 예술가들은 자기 작품에 만족하는 법이 없다. 최고의 찬사를 받는 작품을 완성했어도, 항상 그것을 뛰어넘기 위해 노력한다. 그래서 그들의 작품 활동은 계속된다. 농사꾼이 농사를 그만두면 농업인이라고 할 수 없듯, 작가도 글쓰기를 그만두면 작가라고 할 수 없다. 작가는 언제나 꿈을 꾸어야 하고 어제보다 더 탁월해지기 위해 고민과 실험을 절대 멈춰선 안 된다.

넷째, 작가는 자기계발을 멈추지 않는 사람이어야 한다.

펜을 들고 펜을 내려놓는 과정까지가 작가의 전부라고 생각하면 곤란하다. 일반인보다 식견이 탁월해야 하는 작가의 입장에서는 자기 발전이 작가로서의 운명을 결정한다고 할 수 있다. 자기 발전을 위해서는 글쓰기 외에도 꾸준한 자기 투자가 필요하다. 작가로서의 숙명이자 의무이다.

글을 잘 쓰는 능력은 작가가 갖추어야 할 수많은 역량 중의 하나일 뿐이다. 탁월한 글 솜씨만 앞세워 자신이 이미 최고라고 자만하면 안 된다. 실제로, 요즘 성공하는 작가들을 살펴보면 글만 잘 쓰는 사람들이 아님을 알 수 있다. SNS와 유튜브를 통해 자기 작품을 홍보하는 사람도 많고, 뛰어난 강연가로서 사회적 영향력을 확대하는 사람도 많다. 전문성을 보강하기 위해 대학원에 진학하기도 한다. 작가는 글을 잘 써야 하지만, 다른 한편으로 마케팅 전문가이기도 해야 한다.

책을 출간했으면, 세상에 자기 작품을 홍보하고 이를 독자들에게 어필할 수 있어야 한다. 작가는 지식 판매업에 종사하는 사람이다. 자신의 책이 왜 좋은지 사람들을 설득하고 구매로 이어질 수 있게 하는 사업가 마인드도 필요하다. 이처럼 작가는 글만 잘 쓰면 된다는 좁은 식견을 버리고 지금보다 더 탁월한 사람이 되기 위해 다방면으로 노력해야 한다.

작가와 독자는 돈과 콘텐츠를 교환하는 관계

책을 본다는 것은 결국 시간과 돈이 들어가는 것이기에, 그에 상응하는 만족감을 독자에게 제공해 주어야 한다. 겉모습이 화려하고 원하는 정보를 다 알려줄 것처럼 하면서 정작 구매 후 책의 내용이 부실하다면, 당연히 독자는 사기당했다는 기분이 들 수밖에 없다.

예를 들어, '독서법'이 주제인 책은 독서법에 대해 초점을 두고 충분한 지식과 정보를 독자에게 전달해야 한다. 그런데, '독서의 중요성'에 대해서만 책 전체 분량의 70%를 할당해버리고, 정작 독서법은 30%밖에 다루지 않는다면, 독자 입장에서는 속았다는 생각이 들 수밖에 없을 것이다(독서법을 배우기 위해 책을 구매했다는 것 자체가 이미 독서의 중요성을 충분히 알고 있다는 뜻이다. 그래서 독서의 중요성에 관해서라면 책 전체 분량의 30%를 넘지 않게 다루는 정도로 끝내는 것이 좋다). 문제는, 이런 책이 요즘 많아지고 있다는 것이다. 독자가 무엇을 원하는지 제대로 고민하고 자신의 지식과 노하우를 담아내기보다는, 단지 '작가' 라는 타이틀을 얻고 싶어서(책 쓰면 성공한다고 하니까), 기술적인 면에 치중한 빈약한 내용으로 원고를 구성하기 때문이다.

작가의 꿈을 이루기 위해 책 쓰기에 도전하는 행위 자체는 응원해주고 싶으나, 책 쓰기 유행에 따른 부작용도 언급하지 않을 수 없다. 요즘처럼 너나 할 것 없이 책 쓰기에 도전하는 시대에는 속 빈 강정 같은 책도 넘쳐날 수밖에 없는데, 이러한 작태는 작가를 무분별하게 찍어내고 있는 '책 쓰기 학원' 과 '책 쓰기 교재' 에도 분명 책임이 있다. '작가' 라는 타이틀을 만들어주겠다고 기술적인 면에만 대단히 의존하게 만들기 때문에, 하나같이 조미료 맛이 나고 붕어빵 같은 책들이 양산되고 있는 것이다.

그래서 요즘 독자들은 보는 눈이 더 높아졌고, 까다로워졌다. 더 냉정해졌다. 조미료 맛이 나는 책이 많기 때문에, 이 책이 진짜 나에게 유익할까에 대해 신중하게 고민하고 책을 구매한다. 기발한 마케팅 전략으로 한때 책이 큰 인기를 누릴지라도, 내용이 부실하면 독자들은 금방 알아차리고, 얼마 못 가 작가는 욕을 먹게 된다.

모든 책에는 장단점이 있다. 모든 독자를 만족시켜 줄 완벽한 책은 이 세상에 존재하지 않는다. 하지만 아무리 그렇다고 해도 당신의 책을 본 독자들의 입에서 욕이 나오게 해선 안 된다. 작가라면 독자가 어떤 부분을 가려워하는지, 어떤 정보를 얻고 싶어 하는지 제대로 파악해야 한다. 그러면서도 그들이 원하는 정보를 쉽고, 재미있게, 적정한 깊이로 풀어낼 수 있어야 한다.

작가와 독자는 서로 돈과 콘텐츠를 교환하는 관계임을 명심해야 한다.

책 쓰기는 최소 2,000만 원 이상의 가치가 있다

*
반대로 생각하라. 인세를 10% 받는다고 생각하지 말고, 출판사로부터 조건 없이 2,000만 원을 투자받았다고 생각하라. 그러면 이것이 엄청난 혜택임을 깨닫게 될 것이다. 당신은 공짜로 세상에 자신을 드러내고 증명할 수 있는 기회를 잡은 것이다. 그것도 가장 고상한 방법으로 말이다.

- 신성권 작가

 작가의 인세는 도서 가격의 6~10%로 책정된다(책이 팔릴 때마다 도서 가격의 6~10%가 작가의 몫으로 떨어진다). 초보 작가는 6%의 인세를, 중견작가나 잘나가는 작가는 10%의 인세를 받으며 계약 후 바로 선인세를 지급받을 수 있다. 선인세란 말 그대로 인세를 미리 받는 개념이다. 선인세는 보통 50만 원~200만 원 정도다. 만약 당신이 인세 10%에 선인세를 지급받는 조건으로 계약을 맺었다면, 이는 작가로서 법정 최고의 조건으로 출판 계약을 맺은 것이라고 보면 된다.

이 책을 읽고 있는 예비 저자들은 인세가 도서 가격의 6~10%에 불과하다는 사실에 불만을 가질 수도 있다. 원고를 작성하기 위해 얼마나 많은 시간을 투자해가며 인내했는데, 고작 한 권 팔릴 때마다 많아야 10%만 자기 몫으로 떨어지는 건 아무리 생각해봐도 상식에 맞지 않는 것이다. 하지만 책이 제작되고 유통되는 과정을 알게 된다면 왜 인세가 최대 10%밖에 안 되는지 수긍할 수 있을 것이다. 작가라면, 책이 제작되어 시장의 독자들에게 전달되기까지 출판사가 어느 정도의 비용을 투자하는지 반드시 알아야 한다.

모든 출판사에 똑같이 적용되는 것은 아니지만, 일반적으로 표지 제작, 본문 디자인 비용이 약 200~300만 원, 편집비 200만 원, 인쇄 제본비용이 단행본 1,500부 기준으로 500만 원 정도 발생한다. 이렇게 발생한 비용 1,000만 원은 거의 최소한의 비용이라고 할 수 있다. 종이의 재질, 편집 작업의 정도, 인건비에 따라 비용은 이보다 훨씬 많아질 수 있다(일반적으로, 2,000만 원 정도의 비용이 발생한다). 또, 이렇게 책을 편집하고 찍어내기만 하면 끝나는 게 아니다. 책을 제작하는 것과 별개로 책을 홍보하는 것, 인쇄한 책을 창고에 보관하고 발송하는 것에서 추가 비용이 발생한다. 앞서 설명한 인세역시 작가에게는 수익의 개념이지만, 출판사의 입장에서는 비용이다.

작가 입장에서 책을 출간하는 것은, 따로 돈 들이지 않고 단지 인세만 지급받으면 끝날 문제이지만, 출판사 입장에서는 2,000만 원 정도의 투자가 이루어지는 모험이기 때문에 사활을 걸어야만 한다. 책이 팔리지 않으면 출판사는 위태로워지고 특히, 자본력이 약한 소규모 출판사 대표는 직원들에게 월급을 주기도 어려운 상황에 부닥칠 수 있다. 때문에 출판사는 작가의 원고에 투자한 만큼의 비용을 시장에서 다시 회수할 수 있는지 고민하지 않을 수 없다. 더구나 출판사는 당신 책에만 투자하는 게 아니다. 이점을 염두에 두어야 한다.

그러니 작가가 인세로 10%를 지급받는다고 해서 너무 불만을 가져선 안 된다. 책 출간에 드는 비용 2,000만 원을 출판사에서 모두 다 대주고, 덩달아 인세까지 지급받는 조건으로 계약하는 것이다. 이에 대해 명예롭게 생각하고 감사하는 마음을 가져야 한다.

반대로 생각하라. 인세를 10% 받는다고 생각하지 말고, 출판사로부터 조건 없이 2,000만 원을 투자받았다고 생각하라. 그러면 이것이 엄청난 혜택임을 깨닫게 될 것이다. 당신은 공짜로 세상에 자신을 드러내고 증명할 수 있는 기회를 잡은 것이다. 그것도 가장 고상한 방법으로 말이다.

인세가 다는 **아니다** : **책 쓰기** = 인세 + @

＊
책 쓰기를 통해 얻을 수 있는 이익을 단순히 인세에 한정시키는 것은 정말 어리
석은 생각이라고 말할 수 있다. 책은 강의를 부르고, 강의는 인세보다 많은 수입
을 가져다준다. 금전적 이익이 아예 없다고 해도 좋다. 돈으로 환산할 수 없는
무형적 혜택이 결코 적지 않기 때문이다. 당장 돈 몇 푼 더 번다고 해서 인생이
바뀌는 건 아니다. 그것보다는 하루라도 빨리 세상에 나의 흔적을 남기고 영향
력을 행사하는 것이 중요하다. 책은 그 자체로 종이 쪼가리에 불과하지만, 그것
을 잘 활용하면 당신의 몸값을 높여주는 무기가 될 수 있다.

- 신성권 작가

대부분의 예비 저자들은 책이 시장
에서 얼마나 팔릴지, 그래서 결과적으로 얼마나 많은 인세를 받
게 될지에 대해서만 관심을 갖는다.

하지만, 작가의 길을 가려는 사람에게는 좀 더 넓고 긴 안목이
필요하다. 책 쓰기는 언제나 '인세 + @' 이기 때문이다. 인세만으

로 큰돈을 벌 수 있는 작가는 이 세상에 별로 없다. 인세로 부자가 되겠다는 생각으로 책 쓰기에 도전한다면, 머지않아 절필을 결심하게 될 것이다.

베스트셀러 작가들도 인세만으로 큰돈을 벌기란 쉽지가 않다. 인세 자체만으로 큰 수입을 내는 경우라도, 그 상태가 언제까지 지속될지는 알 수 없다. 베스트셀러가 평생 베스트셀러일 수는 없다. 대부분 한 번 크게 올라갔다가 다시 내려오게 된다.

하지만 이들이 큰돈을 만지는 이유는 책으로 몸값이 높아졌기 때문이다. 베스트셀러 작가들이 당장은 인세로 수입을 내는 것 같지만, 책은 강연을 부르고 강연은 그들에게 인세보다 많은 수입을 가져다준다.

책을 활용한 퍼스널 브랜딩으로, 책 자체의 인세보다 10배 이상의 수익을 내는 작가도 많다. 책은 그 자체로 종이 쪼가리에 불과하지만, 그것을 잘 활용하면 당신의 몸값을 높여주는 무기가 될 수 있다. 그래서 '책 쓰기 = 인세'가 아니라 '책 쓰기 = 인세 + 가능성(기회)'라고 생각해야 한다. 인세에만 집착하는 사람은 당장 눈앞의 작은 이익에만 집착하느라, 더 큰 기회를 놓치게 된다.

책 몇 권 더 팔아 돈을 버는 것도 중요하지만, 작가로서 좀 더 크게 성공하고 싶은 사람은 책 쓰기에서 인세 외에 다른 가치를 발견해낼 수 있는 안목이 있어야 한다.

책을 출간함으로써 작가가 얻을 수 있는 이익이 물질적 차원에만 국한되는 것도 아니다. 자신의 지식과 경험을 책에 담아 세상에 내놓으면, 당신의 공신력과 가치는 분명 기존과 비교할 수 없을 만큼 높아지게 된다. 꼭 베스트셀러가 아니더라도 이미 주변에서 당신을 바라보는 시선부터 바뀌게 되고, 사람들은 당신을 작가라고 부르게 된다.

당신의 책을 읽고 감명 받았거나 당신의 도움이 필요한 독자들이 먼저 연락을 해오기도 하고, 국내 유명 기업이 당신의 책을 필독서로 선정하겠다는 연락을 해오기도 한다. 강연을 요청받게 되는 것은 물론이다.

국내 굵직한 언론사가 당신의 책 내용을 신문이나 잡지에 연재하겠다고 연락을 해오기도 하며, 당신의 책이 정부기관이나 기타 공신력 있는 기관에서 우수도서로 선정되는 등 당신이 전혀 상상하지 못했던 일들이 벌어지게 된다.

돈으로 환산할 수 없는 무형적 혜택이 절대 적지 않음을 경험하게 될 것이다. 진정으로 당신의 인생을 바꿔주는 것은 당장 손위에 떨어지는 돈 몇 푼이 아니다. 그것보다는 커리어를 완성하는 것이 중요하다. 하루라도 빨리 세상에 나의 흔적을 남기고 영향력을 행사하는 것이 중요하다. 책을 쓰고 나면, 당신의 인적네트워크와 인생의 발전 속도, 그리고 인생의 지향점과 기대치가 이전과는 비교할 수 없을 정도로 바뀌게 된다. 이를 더 이상, 말로 설명할 필요가 없다고 생각한다. 당신이 직접 작가가 되어 경험해보길 바란다.

위와 같은 일들이 벌어지면 이미 당신은 평범한 직장인이라고 말할 수 없게 된다.

비록 회사에서 당신의 직책이 말단 사원에 불과하더라도, 당신은 직장 내 다른 사람들보다 훨씬 강한 자기 브랜드를 형성하게 된다(최대한 겸손하게 행동하길 바란다).

작가에 대한 사회적 **인식과 권위는 박사**와 같다

책을 한 권이라도 출간한 경험이 있는 사람은 알 것이다. 사람들이 자신을 '작가'라고 부를 때의 느낌을 말이다. '작가님', '작가 선생님'이라는 호칭이 별거 아니라고 할 수도 있겠지만, 돈으로 환산할 수 없는 기쁨을 가져다준다는 사실만큼은 부정할 수 없다.

'박사님'이라는 호칭도 마찬가지 아닐까? 비싼 등록금과 5~7년이라는 긴 세월을 투자해서라도, 많은 사람들이 대학원에 다니는 이유는 실용적 목적도 있겠지만 결국 '박사님'이라는 호칭을 얻기 위해서일 것이다. 어쨌든 박사 학위를 취득함으로써, 어느 직장을 다니든, 직장 내 직책이 무엇이든 상관없이 사람들은 당신을 향해 '박사님'이라고 부를 것이고, 어딜 가든 지식인, 그 분야의 전문가로 대우받게 될 것이다.

필자의 경험상 '작가'에 대한 사회적 인식과 지식인으로서의 권위는 '박사'와 같았다.

만약 당신이 어떤 분야에 해박한 지식을 가지고 있다고 가정해보자. 당신은 분명 자신의 능력을 어필하기 위해 상대방에게 많은 말을 하게 될 것이다. 하지만 자기 자신이 어떤 사람인지 설명하기 위해 많은 말을 해야 한다면, 상대방에겐 그저 소음으로 들릴 뿐이다. 더 이상 당신의 말을 들으려고 하지도 않을 것이다. 사람들은 빈 깡통이 요란하다는 보편적 인식을 가지고 있기 때문에, 말로 자신을 어필하려고 할수록 진정성이 떨어져 보이고, 경박해 보이기 쉽다. 더욱이 사람들은 바쁘고, 타인의 말에 귀를 기울여줄 만큼 여유가 있지 않다. 하지만 당신이 자기 저서를 가지고 있다면 이야기가 달라진다.

책은 많은 말이 필요하지 않다. 한 권의 책은 당신에 대한 모든 것을 담고 있다. 그저 책을 한 권을 상대방에게 건네는 것만으로도 매우 강력한 자기 어필이 가능해진다. 설령, 상대방이 책의 겉표지만 대충 훑어보고 저 멀리 던져놓는다고 해도, 당신이 어느 특정한 주제로 깊고 두터운 글을 썼다는 사실을 충분히 인지할 수 있다(이는 사람들이 박사 논문을 굳이 읽어보지 않아도 박사의 지적 권위를 쉽게 인정해주는 것과 같다). 책의 시각적 효과도 강력하지만,

책 자체에서 느껴지는 부피감도 무시할 수 없다. 책은 성공한 사람 또는 한 분야에서 전문성을 공식적으로 인정받은 사람이 쓰는 것이라는 인식이 지배적이기 때문에, 당신의 가치는 일반인보다 더 높게 인지될 수밖에 없다.

논문과 책의 집필에 대해 한 번 비교해보자. 정식 작가로 데뷔하기 위해서는 최소 책 250페이지 분량의 원고를 완성해야 하고, 그 원고가 엄청난 원고 경쟁률을 뚫고 선택을 받아야 한다. 하나의 주제로 한 권의 책을 제대로 집필할 수 있는 사람은, 박사 학위 논문을 쓴 사람과 사실상 지적 레벨이 같다고 볼 수 있다. 책한 권을 쓰는 것과 논문 한 편 쓰는 것의 강도 차이는 거의 없다 (박사가 되려면 소논문 2편에 학위 논문 1편, 즉 3편의 논문을 써야 하므로, 작가로서 지적 전문성을 공고히 하려면, 책을 3권 이상 출간할 것을 권장한다. 또한 내용이 충분히 깊고 독창성이 있어야 한다). 선행 연구와의 차별성, 연구 모형과 논리의 엄격성 면에서는 논문이 책 쓰기보다 더 까다로울 수 있지만, 나머지는 책 쓰기가 더 힘들 수 있다. 논문은 지도 교수를 만족시키면 되지만, 책 쓰기는 기획에서부터 전국의 독자와 출판사를 모두 만족시켜야 하고, 분량 면에서도 논문을 넘어서기 때문이다. 책 쓰기는 글의 표현에 있어서도 상당한 배려가 요구된다. 딱딱한 지식과 정보를 이해하기 쉽고 재미있게 전달하기 위해서는 상당한 정신적 노동이 들어가야만 한다.

책 쓰기와 논문 쓰기는 글쓰기의 성격이 다르고 추구하는 지향점이 다르긴 하지만, 인류의 지식과 정보를 저장하고 전달하는 대표적 수단이라는 점에서 본질적으로 요구되는 지적 역량은 대동소이하다. 양쪽 다 일정 수준의 학습량을 요구하고, 연구력과 집필력을 요구한다.

필자가 작가임에도 경영학 박사 과정까지 진학한 것은 교수 임용과 지적 수양을 위한 목적이 컸다. 계산기를 두드려본 결과 꼭 교수 임용이 아니더라도 '작가' 와 '박사' 타이틀을 모두 갖추는 것이 미래에 더 좋은 결과를 가져올 것이라는 계산이 나왔다 (어디까지나 필자의 입장이다). 대학교수나 박사들이 논문 집필에서 나아가 그 분야와 관련된 책을 여러 권 집필하여 대중적 영향력을 확보하는 것은 지식인으로서 매우 탁월한 행위라고 평가할 수 있다.

국어 점수 ≠ 작가로서의 재능

　*
객관식 5지 선다 중에서 작품에 대한 설명으로 가장 옳지 않은 것을 골라내는 능력이 실제로 글을 써서 작품을 창작하는 능력과 얼마나 관련이 있는지, 나는 잘 모르겠다.

- 신성권 작가

　　학창 시절 언어 점수가 구멍이었던 사람들은, 자신의 언어 능력을 한탄하며, '나는 작가가 되기에 무리이지 않을까?' 라는 생각을 할지도 모르겠다. 정말 학창 시절 수능 언어 점수가 작가로서의 재능과 관련이 있을까? 과거의 시험 점수로 작가로서의 역량을 견주어 볼 수 있을까?

　　필자의 답은 간단하다. 자신이 작가로서 소질이 있는지는 직접 글을 써보고 시행착오를 겪어봐야 알 수 있다. 국어 시험을 잘 보는 것과 글을 잘 쓰는 것은 또 다른 차원의 문제이기 때문이다. 문법적 지식과 독해력이 우수하지만, 상상력과 융합적 사고력이 부족한 사람은 국어 시험을 잘 볼 수는 있어도 작가가 되기는 어렵다.

필자는 명문대 졸업자가 아니다. 평범한 대학의 간판을 가졌다. 또한, 2008학년도 수능 언어에서 절대 자랑스러운 등급을 받지 못했다. 이 책에 적어놓으면 작가로서 평판에 누가 되지 않을까 염려될 수준의 등급이다. 지금까지 이룩한 필자의 모든 이력을 숨기고 수능 언어 점수만 내민다면, 사람들은 책 한 권도 제대로 쓸 수 없는 사람으로 평가할 것이 분명하다. '작가는 아무나하냐?' 라는 소리까지 들었을 것이다. 아니, 책 한 권이나 제대로 읽고 이해할 수 있겠느냐는 말을 들었을 것이다.

그러나 필자는 세상이 정해준 나의 언어능력에 굴복하지 않았다. 필자는 고등학교 시절에도 수능 언어 점수가 나의 잠재력(창의적 상상력)을 온전히 측정하지 못한다고 생각했다. 물론, 그 믿음은 현재 근거 있는 자신감으로 증명되었다. 수능 언어 점수는 '잠재력' 의 영역이고 작가로서의 아웃풋은 성취와 결과의 영역이다. 애초에 가능성은 구체적 결과물 앞에서 의미가 없는 것이다.

객관식 5지 선다 중에서 작품에 대한 설명으로 가장 옳지 않은 것을 골라내는 능력이 실제 글을 써서 작품을 창작하는 능력과 얼마나 관련이 있는지는 잘 모르겠다. 수학 능력 시험이라는 것은 그 사람의 학습에 대한 잠재력을 평가하는 시험이다. 수능 언어라는 것은 결국 언어를 활용하여 지식을 습득하고 이해할 수 있는 잠재력을 평가하는 시험 과목이라는 뜻인데, 필자의 언어 등급으로 비추어볼 때, 필자는 결코 언어를 활용해서 성과를 내야 하는 분야에 발을 들여놓아서는 안 된다. 그럼에도 필자는 언어 능력을 활용해서 단기간에 작가로서의 아웃풋을 내었다.

마찬가지로 지금까지 당신의 능력을 평가해왔던 여러 가지 평가 도구에 종속될 필요가 없다. 사회는 어느 한 개인을 평가할 때 고유성을 고려하지 않는다. 사회는 행정에 있어 효율성을 추구하므로 모든 사람을 대략적으로 담아낼 수 있는 보편적 기준을 만들고 활용할 뿐이다. 점수는 현실의 당신을 제대로 반영하지 못한다. 제도가, 사회가 당신에게 제시한 점수 속에 당신의 실제 능력을 종속시키지 말길 바란다. 당신의 가능성은 스스로 증명하는 것이지 누군가 임의로 평가할 수 있는 것이 아니다. 당신이 작가로서 재능이 있는지는 직접 책 쓰기에 도전해봐야 알 수 있다. 그 전까진 잠재력을 함부로 재단하지 말아야 한다.

실재로 재능이 부족하다 한들, 재능을 탓할 필요도 없다. 재능도 꾸준한 노력 앞에서는 아무런 의미가 없기 때문이다. 타고난 재능이 우수하지만 노력이 부족해서 성과를 내지 못하는 사람이 훨씬 많다. 정말로 탁월한 재능이라면, 남들 하는 만큼만 노력하고 대충 살아도, 진작 이미 모든 것을 뛰어넘는 성과가 있었을 것이다. 그게 아닌 이상, 대부분의 사람들은 서로 대동소이한 재능을 가졌다고 볼 수 있고, 그보다는 노력의 강도와 지속성이 작가로서의 성공에 더 많은 기여를 하게 될 것이다.

필자의 생각을 다시 정리하겠다.

필자는 노력만으로 모든 것을 이룰 수 있다는 노력 만능주의자가 아니다. 경쟁이 극심한 사회에서 노력은 기본일 뿐이다. 그리고 타고난 재능에 노력을 겸하는 사람은 이 세상에 얼마든지 있다. 이런 사람은 노력만으로 넘어서지 못할 수도 있다.

하지만, 웬만한 재능 차이는 노력으로 극복할 수 있는 것이 사실이며, 더구나 작가가 되는 데 필요한 재능은 학창 시절 국어 시험을 잘 보는 재능과 확실히 차이가 있으니 여기에 놀아나서 괜히 자신의 잠재력에 한계를 긋지 말라는 밀이다.

책 쓰기, 지금 가진 조건으로 시작해서 바로 결과를 낸다.

*
하버드 박사 학위를 취득한 다음에, 100억 부자가 된 다음에, 대기업 사장이 된 다음에 책을 쓰겠다고 한다면 당신은 앞으로 영원히 책을 내지 못할 수 있다. 지금 당신이 가진 조건으로 바로 책 쓰기를 시도하고, 바로 결과를 내야 한다.

- 신성권 작가

- 헐? 네가?
- 직장 생활 하면서 책 쓴다는 건 불가능한 일이야. 몇 번 시도하다 힘들어서 포기하게 될걸?
- 책은 아무나 쓰냐? 넌 유명한 사람도 아니고 성공한 경력도 없어서 출판사에서 거절할 거야.
- 원고 경쟁률이 너무 치열해서, 넌 탈락할 것 같다.
- 네가 쓴 글 프린터로 인쇄해서 사람들에게 나눠주려고? ㅎㅎㅎ
- 요즘 젊은 사람들 글 쓴 거 보면 별로더라. 인생의 경험을 더 쌓고 책을 내든지 해라.

필자가 처음 작가가 되겠다는 꿈을 밝혔을 때 주변 사람들의 90%는 비웃었다. 위에 언급한 문구는 필자가 직접 들었던 말이다. 친구들은 나의 재능과 열정을 조롱했고, 나이가 지긋한 어른들은 (자기 인생 경험을 토대로) '이러저러해서 안 된다' 식의 충고를 많이 했다. 필자를 세상 물정 모르는 어린아이로 대하는 듯했다. 사실, 그들의 주장에 일리가 없는 것은 아니었다. 필자는 책 쓰기에 처음 도전할 때, 이제 막 은행에 입사한 신입이었고, 세상에 보여줄 특별한 스펙이나 경력이 있었던 것도 아니었다. 그런 평범한 사람이 책을 쓰겠다고 하니, 사람들 입에서 우호적인 말이 나오지 않는 것은 당연하다. 하지만 그렇다 하더라도 이렇게 주변 사람들의 저항을 겪고 나니 마음 한구석에 오기가 생기기 시작했다. 압도적인 성취를 이뤄서 그 누구도 나의 꿈에 대해 함부로 이의를 제기하지 못하게 만들겠다는 그런 생각 말이다.

필자는 나 자신을 세상에 증명하기 위해 바로 책 쓰기에 달려들었고, 곧바로 결과를 내는 것에만 집중했다. 그 결과, 직장생활과 대학원 과정을 병행하며, 10권의 책을 기획 출간할 수 있었다. 출판사로부터 계속 원고 청탁이 들어오고 있기 때문에, 집필은 계속될 예정이다. 직장을 다니며 자기계발로 독서를 하거나 대학원에 다니는 것도 대단한 일이라고 하지만, 필자는 그것들을 병행하면서 평생 한 권도 내기 힘든 책을 단기간에 10권 가까이 쓴 셈이다. 그렇다고 책의 질이 떨어지느냐? 그것도 아니다.

필자가 쓴 책 중 2권은 한국에서 가장 공신력 있는 기관인 문화체육관광부에서 우수교양도서(세종도서)에 선정되었으며, 기업체에서도 추천도서, 필독서로 선정되는 등 양서로서 충분히 검증을 받았다. 출판사에서 먼저 나서 필자에게 원고를 청탁하기도 한다. 공신력 있는 기관에서 역량을 인정받게 되자, 이젠 주변 사람들의 인정을 굳이 구할 필요가 없게 되었다. 필자의 꿈을 비웃었던 사람들은 더 이상 필자의 시선에 들어오지도 않는다.

세종도서

문화체육관광부에서 주최하는 세종도서 선정 사업은, 국비가 투입되고 수십 명의 교수와 평론가들로 구성된 심사위원들이 엄격한 심사를 거듭한 끝에 양서를 선정하는 것으로서, 국내에서 가장 공신력 있는 우수도서 선정사업이라고 할 수 있다. 선정된 도서는 공식적인 양서로 인정되며, 전국 400여 곳의 공공도서관에 보급된다.

위에 서술한 모든 것이 불과 3년 안에 이뤄진 일이다. 하루에 많은 시간을 투자한 것도 아니었다. 퇴근 후 2시간 정도 글쓰기에 집중했다. 그 대신 단 하루도 빼먹지 않고 글을 썼다. 휴일에도, 몸이 아픈 날에도, 아무리 특별한 사정이 있는 날에도 무조건 1시간 이상은 글쓰기에 할애했다. 나 자신을 증명하겠다는 집념이 꾸준함을 낳았고, 꾸준함은 뚜렷한 결과물을 낳았다.

이미 언급했듯이 필자는 명문대를 졸업한 것도 아니고, 학창시절 수능 언어 등급이 중위권에 불과했다. 직업도 평범한 은행원일 뿐이다. 그것도 사회 초년생이기 때문에 은행원으로서 내세울 경력도 없었다. 분명, 다른 사람보다 크게 특별할 것이 없는 사람이다. 간혹, 필자가 멘사 회원이라는 사실을 들어, 특별함을 부각시키는 사람들이 있지만, IQ 테스트는 언어 능력보다는 도형 추리 능력과 관련성이 크며, 실제로 필자의 수능 언어 점수는 우수함과 거리가 멀다. 필자가 천재나 영재 등 인간의 지능을 주제로 다루는 책을 쓰다 보니 단지 관련 스펙으로 제시했을 뿐이다. 또한, IQ가 높은 사람이 IQ가 별로 중요하지 않다는

66

말을 해야 더 신빙성 있게 들리지 않겠는가?

책 쓰기의 본질은 저자의 스펙에 있지 않다.

당신이 평범한 가정 주부라도, 평범한 대학생일지라도, 평범한 직장인일지라도 세상 사람들에게 도움을 줄 수 있는 자신만의 지식과 경험, 콘텐츠가 있다면 누구나 작가가 될 수 있다. 출판사도 투고자의 스펙을 참고하겠지만, 원고가 담고 있는 내용이 충분히 시장성 있다고 판단되면, 당신에게 러브콜을 보낼 것이다. 언어 능력이 특별히 뛰어날 필요도 없다. 언어 능력이 보통 수준만 되어도 글을 잘 쓰는 데 전혀 지장이 없다. 어차피 글은 쓰다 보면 실력이 늘게 되어 있다.

그러니 스펙이 부족하다고 해서, 타고난 언어적 재능이 부족하다고 해서 작가에 대한 꿈을 접지 말기 바란다. 지금 바로 시작해서 바로 결과를 내자.

평범한 사람도 작가가 될 수 있다

자신의 화려하지 못한 스펙과 부족한 재능을 탓하기보다는, 그 시간에 당신이 무엇을 좋아하는지, 남들과 비교해 상대적으로 가장 자신 있는 것이 무엇인지를 고민하길 바란다.

누구든지 가장 자신 있는 분야가 있게 마련이다. 사람이 모든 면에서 뛰어날 순 없지만, 그래도 자신이 보통 사람보다 잘한다고 여기는 분야는 1~2개 정도 있을 것이다. 그 부분이 작가로 데뷔할 수 있는 돌파구가 될 것이다. 예를 들어, 교수나 교사는 아니지만, 자신이 직접 자녀를 교육시켜 큰 성취를 이룬 경험이 있다면, 그 경험과 노하우를 책에 담아 독자들에게 실용적 도움을 줄 수 있을 것이다. 그렇게 작가로 데뷔하는 것이다. 다시 강조하지만, 책 쓰기의 본질은 저자의 스펙이나 언어적 기교에 있는 것이 아니라 유용한 콘텐츠의 전달에 있다.

해당 분야의 전문가가 아니어도 작가로서 성공한 사람은 얼마든지 있다.

윤태호 작가는 직장 생활을 한 번도 해본 적 없지만, 직장인의 애환을 다룬 《미생》을 써서 250만 부를 판매했고, 이지성 작가는 자기 전공과 거의 관련 없는 분야로 한국의 베스트셀러 작가가 되었다. 그는 전북대 법대를 졸업했고 교사로 활동했지만, 그가 쓴 책 중에는 전공을 제대로 살린 책이 거의 없다. 그는《에이트 : 인공지능에게 대체되지 않는 나를 만드는 법》이라는 책으로 종합베스트셀러 1위에 올랐지만, 그는 공식적인 교육을 받은 인공지능 전문가가 아니다.

하버드 박사 학위를 취득한 이후에, 100억 부자가 된 이후에, 대기업 사장이 된 이후에 책을 쓰겠다고 한다면, 당신은 앞으로 영원히 책을 내지 못할 수 있다. 지금 당신이 가진 조건으로 바로 책 쓰기를 시도하고, 바로 결과를 내야 한다.

작가에게 필요한 마인드셋

책 **쓰면 성공**한다?

예비 저자들은 궁금해한다. 책을 내면 큰돈을 벌고, 지금 다니고 있던 직장에서 해방될 수 있을까?

책을 내면 유명한 사람이 될 수 있을까?

책을 내면 인생에서 유의미한 변화가 초래되는 것은 맞다. 앞으로의 인생에서 기대할 수 있는 잠재력의 크기가 커진다. 당신의 지적 권위와 목소리는 이전보다 훨씬 커진다. 사회에 자신의 내공을 증명하여 주목을 받을 기회도 많이 얻게 된다. 하지만 책을 냈다고 해서 갑자기 큰돈을 벌고 유명해지는 것은 아니다 (대부분의 책 쓰기 안내서는 책 한 권만 내면 마치 모든 것이 해결되는 것처럼 말하는 경향이 있다).

물론, 책을 낸 후 그렇게 된 사람들이 분명 있지만, 이런 마인드로 책 쓰기에 도전하진 말길 바란다. 이런 생각으로 책 쓰기에 도전하면, 이 분야에 진득하니 남아 있지 못할 것이기 때문이다.

한두 번 시도해서 지나치게 큰 것을 얻으려고 하는 사람은 어느 분야든 오래 버티지 못하고 떠나게 된다. 그래서 이것저것 손으로 찔러보다가 역으로 성공할 기회를 날리게 된다. 어느 분야든 한 방에 성공하는 경우가 극히 드물다는 것을 인정해야 한다. 첫 술에 배부를 수는 없다.

현재 이미 유명세를 타고 있는 사람, 대중적 인지도가 높은 연예인, 대단한 팔로워를 보유한 인플루언서라면 첫 책으로도 매우 큰 반응을 이끌어낼 수 있겠지만, 그냥 평범한 일반인이 책을 내는 것이라면 기대했던 만큼 결과가 나오지 않을 수도 있다. 필자는 최대한 보편적 현실에 입각하여 글을 쓰고 있는 것이다.

책을 쓰면 삶이 변하는 것은 맞다. 당신에게 또 다른 무기가 생기는 것이고, 당신의 가치는 이전과 달라진다. 하지만 책 한 권 냈다고 모든 것을 바꾸려들면 안 된다. 이 원리는 비단 책 쓰기뿐만 아니라 어느 분야든 마찬가지로 적용된다. 앨범 하나 냈다고 해서 갑자기 대중적인 가수로 급부상하는 것은 아니다. 박사학위를 취득했다고 해서 바로 교수에 임용되거나 노벨상을 받는 것은 아니다. 삼성에 들어갔다고 해서 바로 임원이 되는 것은 아니다. 첫술에 배부르려고 하면 어느 분야에서든 고수가 되지 못하고 하수의 상태로 중도에 하차하게 된다.

  작가로 성공하기 위해서는 꾸준한 노력과 인내가 필요하다. '첫 책은 100만 부 이상 팔릴 것이다' 라는 생각으로 글을 쓰기보다는 '단 한 권이 팔리더라도, 그 책을 읽는 사람의 인생을 반드시 바꿔줄 것이다' 같은 마인드로 책 쓰기에 임하는 것이 좋다. 또 그런 생각으로 임해야 책이 잘 팔리는 게 사실이고 앞으로 작가로서의 발전 가능성이 높아진다. 베스트셀러를 목표로 하는 것은 좋지만, 너무 집착하는 것도 좋지 않다는 말이다.

  글쓰기에 대해 스스로 동기 부여할 수 있어야 한다. 앞으로도 계속 책 쓰기에 매진할 수 있는 자신만의 작가 철학을 세우는 것이 중요하다. '책을 내면 내 인생이 얼마나 바뀔 것인가?' 보다는 '내가 이 책을 통해 앞으로 어떻게 나아갈 것인가' 에 대해 고민하고 그것을 명확히 하여 사람들에게 보여주고, 그렇게 인식되는 것이 중요하다.

  뒤에서 더 자세히 설명하겠지만, 필자는 다작을 권한다. 책은 누적될수록 효과가 커지기 때문이다. 책을 썼는데 큰 효과를 거두지 못한 작가들의 공통점은 책을 한두 권 출간하는 데 그쳤다는 것이다. 책을 한 권 낸 사람과 열 권 낸 사람의 영향력은 다를 수밖에 없다. 책 쓰기로 큰 효과를 보고자 한다면, 꾸준히 다작하는 태도가 필요하다. 좋은 책을 꾸준히 여러 권 출간하는 것이다. 어쩌면, 책 한 권이 베스트셀러가 되는 것보다 꾸준히 팔리는 좋은 책을 여러 권 출간하는 것이 더 나을 수도 있다. 베스트셀러란 일정 기간 내에 가장 많이 팔린 책을 말한다. 베스트셀러도 그 상태가 오래 지속되기는 어렵다.

돈과 **명성**은 **보너스**일 뿐이다

*
궁극의 작가는 글을 쓰고 책을 쓰는 행위 자체에서 희열을 느끼는 작가다. 이들에게 명성과 인세는 보너스일 뿐, 책을 읽고 책을 쓰는 것 자체가 이미 큰 축복이다. 이 경지에 빨리 도달한 작가는 앞으로도 집필 활동을 계속하면서 계속 영향력을 키워나가겠지만, 깨닫지 못한 작가는 오래 못 가 절필을 결심하게 될 것이다.

- 신성권 작가

책을 쓰는 목적에는 지식과 정보의 전달, 부와 명성의 획득, 자아 실현 등 여러 가지가 있다. 책의 본질이 사상의 전달에 있다고 해도, 이왕이면 책을 통해 부와 명성까지 얻을 수 있다면 더 좋은 일 아닐까? 책 쓰기의 부가적 효과로 돈과 명성을 얻는 것은 좋다. 하지만 책 쓰기의 목적 자체를 부와 명성에 두면, 이야기가 달라진다. 책이 잘 팔리면 다행이지만, 그렇지 못할 경우 스스로 동기를 잃게 되기 때문이다. 더 이상 집필활동을 이어나가지 못하고 절필을 다짐하는 작가들이 많은 이유다. 책은 좀 더 큰 그림을 보고 집필할 필요가 있다. 인세, 부, 명성은 보너스일 뿐이다. 나는 자아 실현을 했을 뿐인데, 정신적 보상뿐만 아니라 여기에 보너스까지 따라붙는다고 생각하는 것이 좋다.

이 책은 작가를 꿈꾸는 직장인을 위해 썼다. 이 책을 읽고 있는 당신은 직장에 다니며 보수를 받고 있지 않은가? 전업 작가라면 생계를 위해 어떻게든 수익을 내는 것에 집중할 필요가 있지만, 작가를 부업으로 삼은 직장인이라면 좀 더 여유로운 마음을 가질 수 있을 것이다.

궁극의 작가는 글을 쓰고 책을 쓰는 행위 자체에서 희열을 느끼는 작가다. 이들에게 명성과 인세는 보너스일 뿐, 책을 읽고 책을 쓰는 것 자체가 이미 큰 축복이다. 이 경지에 보다 빨리 도달한 작가는 앞으로도 집필 활동을 계속하면서 계속 영향력을 키워나가겠지만, 깨닫지 못한 작가는 오래 못 가 절필을 결심하게 될 것이다. 대가로 이름을 떨친 사람들은, 결코 한 순간에 세상 밖으로 튀어나온 것이 아니다. 알고 보면 어둠속에서 묵묵히 집필 활동을 꾸준히 해왔던 사람들이다.

책 쓰기 자체를 목적으로 대하는 태도가 결과적으로 좋은 작품을 만들어낼 가능성이 크다. 돈을 많이 버는 것도, 퍼스널 브랜딩을 하는 것도 좋지만, 여기에 너무 집착하면 책이 경박해지기 쉽기 때문이다. 진정성 있고 무게감 있는 책이 나오지 않는다. 내가 무엇을 주제로, 누구를 위해 쓰는지를 명확히 하고, 철저하게 거기에만 몰입해서 책을 써야 한다.

당신은 세상 사람들에게 어떠한 메시지를 던져주고 싶은가?

작가가 되려면 글을 써야 할 것이고, 어떤 글을 써야 할지 고민하는 것은 당연하다. 사람들에게 어떠한 재미와 감동을 전해주고 싶은지 끊임없이 고민하면서, 그동안 당신이 경험과 관찰을 통해 얻은 통찰을 글에 녹여서 독자들이 원하는 바를 분명하게 얻어갈 수 있도록 해야 한다. 단순히 성공하고 싶어서, 빨리 '작가'라는 말을 듣고 싶어서, 어떻게든 책 한 권 쓰기 위해 기술적인 요소에만 의존하는 것은 붕어빵 같은 책을 낳을 뿐이다. '기술 + 좀 더 깊은 생각'이 필요하다.

작가가 되려면 먼저 자신의 인생을 돌아봐야 한다. 지금까지 당신은 어떤 인생을 살아왔는가? 이룬 성취는 무엇이고 가장 두려운 것은 무엇인가? 세상 사람들과 무엇을 공유하고 싶은가?

책 쓰기는 본업보다는 **부업**으로서 **제격**이다

*
직장에.다니면서 책을 쓰는 것은 경제력(직장)과 명예(작가)를 모두 거머쥐는 일
이다.

- 신성권 작가

책 쓰기는 본업보다는 부업으로서 제
격이다. 실제로 해보면 안다. 책 쓰기는 시간과 정신적 에너지가
많이 소요되는 작업이므로 직장에 다니면서 병행하는 것이 불가
능할 것처럼 보이지만, 사실은 정 반대다. 책 한 권을 완성하는
데 필요한 적정 시간은 하루 2시간 정도이기 때문이다.

책 쓰기에는 적정 시간이라는 것이 있다. 적정 시간에 못 미치
는 시간을 투여하면 책 쓰기에 지장이 생기지만, 그렇다고 적정
시간을 초과해서 책을 쓴다고 무작정 성과가 비례해서 나오는
것은 아니라는 말이다. 하루에 2~3시간 정도만 책 쓰기에 할애
할 수 있다면 집필 활동을 하는 데 문제가 될 수준은 아니다. 그

래서 직장에 다니면서 책을 써야 한다. 더구나 초대형 베스트셀러 작가가 아닌 이상, 인세만으로 생계를 해결할 수 있는 작가들은 거의 없다.

직장을 그만두면 온종일 글쓰기에 매달릴 수 있기 때문에 더 압도적인 아웃풋을 낼 것 같지만, 오히려 심리적 압박감과 불안감 때문에 몰입에 지장이 생길 공산이 크다. 하루종일 글을 쓰는 것은 불가능에 가깝다. 낮에는 직장에 근무하면서 급여를 제공받고, 퇴근 후 2시간을 글쓰기에 투자해서 작가로서 퍼포먼스를 내는 것이 이상적이다.

꿈과 직장이 반드시 일치할 필요는 없다. 회사는 당신이 좀 더 진실한 꿈을 이루는 데까지, 당신이 좀 더 큰일을 할 기회를 마련하기까지 당신을 경제적으로 보조해줄 수 있는 훌륭한 수단이 될 것이다. 일반인보다 식견이 탁월해야 하는 작가의 입장에서는 자기 발전이 작가로서의 운명을 결정한다고 할 수 있다.

자기 발전을 위해서는 책 쓰기 외에도 꾸준한 자기 투자가 필요하다. 작가로서의 숙명이자 의무이다. 그리고 자기에게 투자할 수 있는 돈은 직장에서 나온다. 결국, 불가피하게 직장에 다니면서 책을 쓰는 게 아니라, 오히려 직장에 다니기 때문에 책 쓰기를 계속할 수 있고 작가로서 성공을 거둘 수 있는 것이다. 직장에 다니면서 책을 쓰는 것은 경제력(직장)과 명예(작가)를 모두 거머쥐는 일이다.

　필자도 낮에는 은행원이지만 퇴근 후에는 글을 쓰는 몰입의 과정을 통해 삶의 기쁨을 느끼고 있으며, 삶의 질 또한 높아지고 있음을 체감하고 있다. 직장을 다니는 것이 작가로서의 꿈에 방해가 되지 않는다. 오히려 큰 도움이 되고 있다. 안정적인 경제적 보조 수단이 존재하기 때문에 필자는 초조함을 느끼지 않는다. 경제적, 심리적 안정감을 바탕으로 더욱 과감하게 작품 활동에 몰입할 수 있고, 이는 앞으로 오래도록 작품 활동을 지속할 수 있는 경쟁력이 될 것이라 확신한다.

직장에 **책을 쓴다**는 사실을 **감추는** 게 **좋을까?**

*
이루는 성취가 커질수록 주변 사람들의 눈에 더 자주 띌 수밖에 없고, 표적이 되기도 쉽다는 사실을 받아들여야 한다. 인지도가 높아지면 시기, 질투하는 사람들도 비례해서 많아진다.

- 신성권 작가

각 개인의 처지와 직장에 따라 다를 수 있지만, 일반론을 먼저 말하자면, 직장 동료나 상사에겐 책을 쓰고 있다는 사실을 감추는 게 현명할 수 있다. 회사는 당신과 입장이 결코 같을 수 없기 때문이다. 회사에 다니면서 작가라는 꿈을 이루는 것이 당신에겐 가슴 벅찬 자기계발이겠지만, 회사는 당신이 회사 일에만 집중하길 바랄 뿐이다. 작가는 단순한 자기계발을 추구하는 사람이기보다는 하나의 직업으로서 인식되는 측면이 강하기 때문에 당신이 다른 길을 찾아나서는 것으로 여겨질 수 있으니 조심해야 한다.

'쟤는 책 쓴다고 회사 일은 소홀히 한다' 라는 말을 듣지 않도록 주의해야 한다. 책을 쓰느라 업무를 소홀히 해서 미운털 박히면 불이익을 당할 수도 있으니까 말이다. 고용 안정성이 우수한 직장이라면 크게 문제될 것은 없지만, 그렇다 해도 기본은 해줘야 한다(작가로 성공하기 위해서는, 일단 안정적인 경제적 수단이 필요하다. 결국, 직장이라는 비옥한 토양 위에 뿌리를 내리고 '명저' 라는 고품질의 열매를 맺는 것이다).

회사에는 타인의 발전을 시기하고 질투하는 사람들이 많다는 사실도 명심해야 한다.

회사에는 다양한 인간 군상이 존재하며, 그 중 대다수는 누군가 남다른 시도를 하는 것에 대해 부정적인 전망을 내놓을 것이다. 그들은 당신의 발전을 시기할 수도 있고 음해할 수도 있다. 특히, 작가로서의 이력이 아직 어중간한 상태에서 자신을 드러내면, 사람들에게 인정을 받기보다는 시기와 질투의 대상이 될 수 있으니 이를 잘 알고 처신해야 한다(특히, 상사 입장에서는 책 쓰기로 자기 영향력을 확대하려는 부하 직원이 못마땅하게 보일 수 있다). 책을 출간한 후 당신의 인지도가 올라갈수록, 주변 사람들은 당신을 더욱 시기하고 경계할 것이다. 이는 어쩔 수 없는 인간의 심리다. 인간은 원래 자신보다 잘난 사람보다는 자신과 비슷한 처지에 있던 사람이 무엇인가를 증명해낼 때 더 큰 불쾌감과 위기감을 느끼는 존재다.

당신이 책을 쓰고 있다는 사실을 회사에 알려도 좋은 경우는 일반적으로 두 가지밖에 없다. 첫째는 당신이 이미 회사 내에서 높은 직책에 있는 경우이고, 다른 하나는 당신이 쓰려는 책의 주제가 회사의 업무와 상당히 교집합을 형성하는 경우다. 이런 경우, 당신은 책을 씀으로써 회사에서 역량을 더 빨리 인정받고 더 크게 성장할 수도 있다.

위에 언급한 두 가지 경우가 아니라면, 작가로서의 격이 어느 정도 갖추어지기 전까지는 책을 쓴다는 사실을 가급적 감추는 게 좋다. 전 국민이 다 아는 베스트셀러까지는 아니더라도 여러 권의 책을 출간하고 공신력 있는 기관에서 작가로서 역량을 인정받는 등, 중견 작가의 반열에 오르고 나서 밝히는 것이 좋다. 그때가 되면 사람들은 당신을 작가로서 인정하지 않을 수 없게 되며, 당신을 이전과 같은 레벨로 보지 않을 것이다. 인간은 자신보다 재능이 뛰어나거나 특별한 존재라는 느낌을 주는 사람을 함부로 대하지 못하게 되어 있다. 이것이 인간의 기본 습성이다. 필자의 경우 고용 안정성이 높고, 특별한 자극을 추구했기 때문에, 굳이 주변에 책을 쓴다는 사실을 감추지 않았다. 그대신 최대한 빠르게 초보 작가에서 탈출했다. 필자의 발전을 시기하고 질투하는 직원들이 있었지만, 이것을 자극제 삼아 빠르게 발전했다. 여러분 중, 필자처럼 멘탈이 강해서 특별한 자극을 추구하겠다는 사람이 있다면, 말리진 않겠다.

시간이 **없어서** 못 쓴다는 것은 **핑계다**

*
인간은 항상 시간이 모자란다고 불평하면서 마치 시간이 무한정 있는 것처럼 행동한다.

- 세네카

목표에 도달하기 위해 실제로 행하는 사람만이 차별화된 미래를 맞이할 수 있다. 책 쓰기에 적합한 여건이 갖추어졌을 때 시작하겠다고 하는 사람들은 결국 책 쓰기에 성공하지 못한다. 작가가 되고 싶다면서 1년, 2년, 3년이 지나도 시간이 없어서 글을 못 쓴다고 한다면, 이 사람에게 작가는 진짜 꿈이 아니다.

꿈은 '하는 것' 이다.

진짜 꿈은 누가 시키지 않아도, 설령 상황이 여유롭지 못해도 하는 것이며, 필요하다면 잠을 줄여서까지, 삶의 다른 영역을 포기해서라도 할 수 있는 것이다. 이게 진짜 꿈이다.

필자가 직장에 다니며 책을 여러 권 쓸 동안, 작가가 꿈이었던 어떤 사람은 직장에 다니기 때문에 시간이 없어서 책을 쓸 수 없다고 말했다. 필자처럼 똑같은 은행원이었고 퇴근 시간도 비슷했지만(거기다 필자는 대학원까지 다녔다), 그는 직장을 핑계 대며, 작가로서의 재능을 낭비하고 있다고 불만만 쏟아냈다.

시간이 없어서 못 한다는 건 모두 자기 합리화고 핑계다. 책 쓰기뿐만 아니라 다른 분야에도 똑같이 적용되는 진리다. 같은 직장에서 근무해도 누구는 퇴근 후 피곤해서 다른 일을 병행할 수 없다고 말하며, 누구는 그 시간에 부업과 학업으로 제2의 인생을 준비한다. 시간은 만들면 생긴다. 시간이 없어서 공부할 수 없다는 말은 모두 핑계다.

하루를 통째로 책 쓰기에 투자할 수 있는 사람은 거의 없을 것이다. 이 책을 보고 있는 독자들도 대부분 직장인일 것이고 퇴근 후 저녁 시간이나 주말 시간을 이용해 집중적으로 원고를 작성해야 할 처지에 있다. 모두들 바쁘고, 퇴근 후 아이를 돌보아야 하는 직장인도 있다. 하지만 책을 쓰기로 마음먹었다면, 주변 사람들에게 양해를 구하고 자신이 정한 기간까지 원고 작성을 반드시 완료해야 한다. 책을 한 권 낸다는 것은 결국, 엄격하게 자기 관리를 하는 것과 같다. 평소에 하던 일을 다 하면서 책을 낸다는 건 어려운 일이다. 아무리 바쁘더라도 하루에 2시간은 책 쓰는 데 온전히 할애해야 한다. 그래야만 3~6개월 안에 책 한 권 분량의 원고를 완성할 수 있기 때문이다.

치열함보다 중요한 것은 꾸준함이다.

오늘 원고를 10페이지 쓴 것은 별로 중요하지 않다. 하루 1페이지를 쓰더라도, 단 하루도 빼먹지 않고 계속 원고를 채워 나가는 것이 중요하다. 꾸준함은 복리의 누적이다. 속도가 느리더라도 꿈과 이상에 쉴 새 없이 가까워지는 것이다. 아무리 상황이 어려워도 그것이 당신이 아무 노력을 하지 말아야 할 이유가 되지 않는다. 하루 2시간도 책 쓰기에 할애할 수 없다면, 30분 일찍 일어나고 30분 늦게 자서, 1시간이라도 확보해야 한다.

책을 쓰려면 일상을 단조롭게 만들어야 한다

책 쓰기를 방해하는 요소는 아주 많다. 갑자기 회사에서 회식이 잡힐 수도 있고, 친구에게 연락이 올 수도 있다. 술을 많이 마시면 다음 날의 작업에까지 영향을 줄 수 있다. 야근이 증가해서 몸이 피곤해지면, 만사가 귀찮아지게 된다. 퇴근 후, 책상에 앉아 글을 쓰는 것은 아주 버거운 일이 되어버린다.

실제로, 책 쓰기를 하는 도중에 수많은 변수가 발생한다. 그래서 책을 쓰기로 계획을 세웠으면, 최대한 일상을 단조롭게 만들어야 한다. 변수의 발생 가능성을 최대한 차단해야 한다는 말이다. 불필요하게 시간을 잡아먹는 것들은 모두 제거해야 한다. 그래서 책 쓰기에 온전히 집중할 수 있는 고정 시간을 확보해야 한다. 이것이 책 쓰기를 잘하는 방법이다. 맞춤법이나 언어의 표현 기교를 익힌다고 해서 책을 잘 쓰는 게 아니다.

세상 **사람**들은 **바보**가 **아니다** :
지적 **허영심**을 **경계**할 것

모든 작가가 경계해야 할 것이 있는데, 그것은 바로 지적 허영심이다. 책을 한 권 출간하고 나면, 자신이 책을 출간했다는 사실에 압도되어 자아도취에 빠지는 사람이 적지 않다. 책을 출간했기 때문에 자신은 이미 전문가이고, 일반 직장인과 차원이 다른 사람이 되었다고 착각하는 것이다. 성공한 사람들이 책을 내는 것이 일반적인 사회적 현상이고, 자신도 자기 이름으로 된 책을 냈기 때문에, 그들과 대등한 위치에 도달했다고 착각하기가 쉽다.

물론, 책을 썼다는 것은 분명 대단한 것이다. 책을 한 권 썼다는 것은, 하나의 주제에 대해 A4 용지 기준, 100페이지 내외 분량의 글을 작성했다는 것을 의미하고, 이는 그 자체로 연구력과 집필력이 있음을 증명해주는 것이다. 또한, 자신의 지식과 노하우를 책에 담아 독자들에게 유익함을 제공해준다는 점에서도 대단히 훌륭한 일을 한 것이다. 충분히 자부심을 갖고 자기 자신을 세상에 홍보하고 알리기 위해 노력해야 한다.

하지만 자신이 작가라는 사실에 대해 자부심을 갖는 것과 교만함을 갖는 것은 분명 다른 일이다. 현실을 바로 직시해야 한다. 자신의 에고(ego)를 내려놓고 자기 자신의 위치를 좀 더 객관적으로 파악하길 바란다. 세상 사람들은 절대 바보가 아니다. 비록, 당신이 책을 출간하여 작가가 되었다고 하지만, 사람들은 당신의 역량이 실제 어느 정도인지 매우 정확하게 꿰뚫어 볼 수 있다.

예를 들어, A라는 사람과 B라는 사람이 마케팅 분야에 관한 책을 똑같이 한 권 출간했다고 해보자. A는 마케팅 분야에 10년 이상 몸담아오면서 굵직한 성과를 내오던 사람이고, B는 책과 논문을 통해 공부한 내용을 토대로 책을 집필했을 뿐 실무적 성과는 전무한 사람이다. 똑같이 마케팅 분야의 책 한 권을 집필했지만, 누구나 A의 역량이 훨씬 뛰어나다는 사실을 알아차릴 수 있다. 그리고 책이 출간되면, 사회는 A가 쓴 책에 대해 더 주목할 것이다. 책을 한 권 내서 인생이 크게 바뀐 것처럼 보이지만, 사실 해당 분야에서 이미 높은 역량을 쌓아왔고, 여기에 책이라는 무기가 더해져서 시너지 효과가 났을 뿐이다.

B는 책을 한 권 출간했다고 해서, 자신이 A와 동급이 되었다고 생각하면 안 된다. 자신이 앞으로 진출할 분야에 대한 책을 출간함으로써, 성공의 기틀을 다져 놓았다고 생각하는 정도가 좋다. B는 해당 분야의 저서를 계속 집필하는 동시에 경력을 쌓고 실무적 성과를 내기 위해 노력해야 할 것이다. 그러면 책을 쓰지 않은 채로 노력한 사람들보다 훨씬 사회로부터 주목받게 되고 성공할 가능성이 높아지게 된다. 반면, A라는 사람은 이미 충분한 사회적 성취를 이룬 사람이기 때문에, 그것을 드러내고 파급력을 확대하기 위한 용도로 책을 쓰는 것이다. 당신은 작가 A와 작가 B의 차이를 구분할 줄 알아야 한다.

박사라고 다 똑같은 박사가 아니듯, 작가라고 다 똑같은 작가가 아니다. 자기 자신을 객관화해서 평가할 수 있어야 하고, 자신의 전문성을 보강하기 위해 앞으로 많은 고민을 해야 한다. 방법은 여러 가지가 있다. 같은 주제의 책을 여러 권 출간하여, 전문성에 깊이를 더하고 해당 분야의 전문 작가로서 입지를 굳히는 방법, 대학원에 진학하여 전문성을 보강하는 방법(학위가 요구되는 분야라면), 실무적으로 성과를 내는 방법 등 여러 가지가 있을 것이다. 똑같은 작가여도 각 개인이 이룬 경력이나 학위, 성과에 따라 그 권위와 영향력에 큰 차이가 나는 법이다. 자기가 처한 현실에서 작가로서의 경쟁력을 강화하기 위해 실현 가능한 자기계발은 모두 고려해봐야 한다. 이 중에서 효율성 및 효과성이 큰 것부터 우선순위를 매기는 것이다. 물론, 작가의 전문성이나 경력이 다소 빈약해도, 콘텐츠의 질로서 충분히 경쟁력을 확보할 수 있다.

하지만 이 말의 취지를 제대로 이해해야 한다. 이 말은 콘텐츠의 질과 유용함으로 자신의 상대적 열세를 극복하고 시장성을 확보할 수 있다는 말이지, 모든 면에서 다른 작가들과 대등해질 수 있다는 말이 아니다. 작가의 품격이 책의 판매량(시장성)만으로 정해지는 것은 아니니까 말이다. 책 자체의 판매량은 당신이 쓴 책보다 저조하지만 현실에서, 당신보다 막강한 사회적 영향력을 발휘하는 작가는 얼마든지 있다. "책의 핵심은 저자의 스펙이 아닌 유용한 콘텐츠의 전달에 있다"라는 말을 자기계발을 게을리 해도 된다는 논리로 왜곡해서는 안 된다.

책을 쓰는 사람들은 대부분 이 사회의 지식인들임을 잊지 말아야 한다. 대학교수, 전문직, 기업 고위직 등 이미 사회에서 지식인 역할을 하는 사람 중에는 책 쓰기를 하는 사람들이 많다. 이들은 작가가 되는 것이 아니라 작가라는 타이틀을 겸할 뿐이다. 다시 말해, 책을 써서 작가가 되는 것이 누군가에겐 그냥 '기본'에 불과하다는 말이다. 이들과 똑같은 주제로 책을 냈다고 해서, 당신이 작가로서는 상업적으로 더 크게 성공했다고 해서, 위아래를 구분하지 못하는 결례를 범해서는 안 된다.

요즘, 작가가 되는 방법이 매우 다양해지다 보니, 많은 사람들이 책 쓰기에 도전하고 작가로 데뷔하고 있다. 이들 중에는 지적 콤플렉스를 극복하기 위한 목적으로 작가가 된 사람들도 있을 것이다. 물론, 그것이 나쁘다는 것은 아니다. 사람은 자신의 열등감을 토대로 더 발전하고, 결과적으로 사회의 발전에 이바지할 수도 있기 때문이다. 하지만 지적 콤플렉스가 있었던 사람이 책 쓰기를 통해 작가가 되면, 지적 허영심에 빠져서 교만해지기가 쉬운 것이 사실이다. 이는 헬스에 비유하면 빼빼한 사람에게 근육이 생겼을 때와 같은 상황이다. 원래 육체가 강했던 사람은 강도 높은 운동으로 근육이 좀 붙었다고 해서 교만해지지 않는다. 하지만 신체적으로 콤플렉스가 있었던 사람이 갑자기 많은 양의 근육을 몸에 장착하게 되면, 이 세상의 모든 계급이 마치 근육량으로 정해지는 것처럼 행동하게 된다. 하지만 이는 자신이 스스로 하수임을 증명하는 것과 같다. 책 쓰기도 마찬가지다.

다작의 중요성 : 계속 **쓰는** 사람이 **이긴다**

＊
계속 쓰는 사람이 이긴다. 설령, 대가의 반열에 오르지 못할지라도, 보통 이상의
작품을 여러 권 탄생시킨 것만으로도 당신은 중견 작가로서 충분히 공신력을
인정받게 된다.

- 신성권 작가

　　　　책을 쓰다 보면 좋은 책도 나오고, 평
범한 책도 나오고, 쓰레기 같은 책도 나오는 법이다. 필자도 지
금까지 많은 책을 냈지만, 이 책들이 나에게 모두 같은 가치를
갖는 것은 아니다. 내가 쓴 책이지만, 개인적으로 부끄러운 책도
있다. 이는 다른 작가들도 마찬가지다. 아무리 동일한 주인이 배
아파 낳은 책이라도, 책마다 전혀 다른 평가를 받을 수 있다.

　극작가 셰익스피어는 150편이 넘는 시를 지었지만 성공한 작
품 몇 개를 빼놓고는 인류의 기억에 존재하지 않는다. 찰스 다

윈은 《진화론》 하나만 발표해서 이 세상을 뒤집은 것처럼 보이지만, 사실 100편이 넘는 논문을 발표했다. 모차르트 역시 600편이 넘는 곡을 발표했지만, 인류가 즐겨 듣는 멋진 곡은 소수에 불과하다.

그래서 창작의 방향을 정하면 현실적이든 비현실적이든 많은 아이디어를 쏟아내고 다양한 시도를 해보는 것이 좋다. 그 과정에서 물론 졸작도 나오겠지만 보통 이상의 평가를 받는 작품이 나오기 시작할 것이다. 그리고 보통 이상의 작품을 만드는 것이 일상이 되면 그 중에서 역작이 탄생할 것이다.

당신의 총은 형태가 불분명하고 밑에 다리가 달려 움직이는 표적지를 향해 있다. 그 표적지를 향해 처음에는 상당히 무겁고 버거운 한 발 한 발을 쏘겠지만, 그 신중함에도 불구하고 표적지를 당연히 빗나가고 말 것이다. 하지만 점차 창조적 행위에 익숙해지고 실패에도 익숙해지면 총을 재장전하고 조준하는 시간이 줄어들게 될 것이다. 그만큼 당신은 다른 사람들보다 많은 총알을 표적지를 향해 쏘게 될 것이다. 총알 대부분은 표적지를 빗나가겠지만 그중 하나만 표적지를 명중시키면 그 작품이 대박이

나는 것이다. 설령 명중시키지 못하더라도 당신은 이미 수많은 작품을 펴낸 작가가 된다. 대가의 반열에 오르진 못하더라도, 보통 이상의 작품을 여러 개 탄생시킨 것만으로도 당신은 중견 작가로서 인정받게 된다. 대가와 일반 작가의 중간 정도에 위치한 '중견 작가'로 일컬어지는 데는 전혀 문제가 없다. 무조건 오랫동안 작가 생활을 해야 중견 작가가 되는 것은 아니다. 중견 작가의 기준은 '경력'이 아니라 '결과물'에 있다. 작가 경력이 3년이라도, 10년 경력의 작가보다 더 많은 책을 펴내고 더 확실한 결과물을 쟁취했다면, 3년 경력의 작가가 더 높은 평가를 받게 되는 것이다. 결국, 요령 피우면서 허송세월 하지 않고, 주어진 시간 동안 최대한 많은 시도를 하는 사람이 실력자로 인정받게 되는 것이다.

책 한 권 쓰고 더 이상 아무것도 하지 않는 것은 자신의 잠재력을 날려버리는 것과 같다. 힘들게 책 한 권을 출간했으면, 그것을 발판삼아 자신의 가치를 확대할 방법을 찾아야 한다. 그 방법의 하나가 바로 다작이다. 책을 써놓고도 별다른 주목을 받지 못하는 작가들이 많은데, 이들의 공통점은 저서가 1~2권 밖에 없다는 것이다. 집필한 저서의 수와 사회적 영향력이 반드시 비례하는 것은 아니지만, 일반적으로는 비례한다.

양질 전환의 법칙

　다작하는 것을 단순한 양적 차원으로만 이해해선 안 된다. 다작한다는 것은 단순히 책을 많이 내는 것을 의미하는 게 아니다. 계속해서 자신의 작품 세계와 창작 능력을 발전시켜 나간다는 것을 의미한다. 다작하는 과정에서 자연스럽게 많은 책을 읽게 되고, 공부하게 되고, 사색하게 된다. 다작은 당신의 지적 개성에 깊이를 더해주고, 당신을 더 정확한 인간으로 만들어준다.

　책을 연달아 여러 권 쓰다보면, 반드시 어떤 문제에 봉착하게 된다. 동일한 작가에게서 태어난 책들이 하나의 사회적 현상에 대해 서로 상반된 주장을 할 수 있다는 문제 말이다. 결국, 다작하는 작가는 자기 생각에서 모순점을 찾아내고 그것을 각 분야별로 나눈 뒤, 일관된 논리에 따라 다시 하나로 통합하는 작업을 거치게 된다. 그래서 다작하는 작가는 '한 권 작가'보다 지적 개성이 더 깊고 안정적이며, 종합적 사고력이 우수할 수밖에 없는 것이다. 다작하는 과정에서 지적 성숙이 이루어지고, 또 이렇게 진보한 지성은 연달아 다음 작품들을 써내는 원동력이 된다. 결국, 양질의 전환이 이루어지는 것이다.

책을 한 권 냈는데 그것이 세상의 주목을 받지 못했다 해도 당신은 전혀 손해 본 것이 없다. 당신은 이미 그 과정을 통해, 한 번도 책을 출간해 본 적이 없는 사람보다 두 단계 더 발전했기 때문이다. 이번에 실패했다면, 다음에 더 좋은 책을 내면 된다. 아무런 문제가 없다. 다작하는 작가는 언제나 당당하다. 세상의 혹평에도 절대 기죽지 않는다. 더 연구하여 다음에 더 좋은 책을 내면 되기 때문이다. 계속 책을 쓰는 것이다.

국내의 스타 작가들도 책을 한두 권 내서 성공한 경우는 극히 드물다. 계속 내다보니 걸작이 탄생하여 사회적으로 유명세를 타고, 이전의 작품들도 가치를 재평가받는 경우가 많다(SNS를 운영하는 등 자신의 인지도를 높이는 작업도 책 쓰기와 병행되어야 한다). 시간이 흐르고 시대적 상황이 변하거나 대중의 관심사가 변하면서, 예상치 못한 역주행이 일어나기도 한다.

결국 베스트셀러가 되지 못해도 괜찮다. 대신 좋은 책을 여러 권 출간하면 된다. 어쨌든, 출간하는 저서가 많아질수록 파급력도 비례해서 높아지게 된다. 좋은 책을 여러 권 출간하면 책 한 권이 베스트셀러가 된 것과 유사한 효과를 거둘 수 있다.

　필자가 다작을 권하는 이유는 이미 설명할 만큼 했다. '한 권 작가'도 작가라고 할 수는 있지만 그만큼 기대할 수 있는 사회적 영향력과 인생의 변화 폭은 작다고 할 수 있다. 첫 책이 설령 베스트셀러가 되었다고 해도, 그 이후로도 작품 활동을 지속해야, 그 영향력을 유지하고 극대화할 수 있다. 시간이 흐르면서 대중의 관심사도 바뀌게 마련이고, 실력이 쟁쟁한 신진 작가들도 계속 늘어날 것이기 때문이다.

　베스트셀러보다 더 도달하기 힘든 경지가 스테디셀러다. 베스트셀러란 일정 기간 동안 판매가 가장 많이 된 책을 일컫는다. 대부분 한순간 바짝 올라갔다 다시 내려오는 구조다. 반면, 스테디셀러는 꾸준히 잘 팔리는 책을 의미한다.

첫 책이 어렵지 두 번째, 세 번째부터는 쉽다

책 쓰기를 처음 시작할 때 필자를 가장 힘들게 했던 것은 막연함이다.

시중에 나와 있는 책을 눈으로 보면서 그대로 필사하는 것도 힘든 일인데, 그 분량에 해당하는 글을 내가 직접 써야 한다는 사실이 마치, 깊이를 알 수 없는 강물에 몸을 내던지는 것만 같았다. 책을 쓰고 싶다는 생각은 누구나 할 수 있지만, 책을 직접 쓰는 것은 스스로 용기를 내야만 가능하다. 그렇다고 용기에 집착할 필요가 없다. 그냥 쓰면 써지고, 용기는 저절로 생긴다. 앞뒤 재지 않고 일단 쓰는 것이 비법이다.

언제나 처음이 어려운 법이다. 미지의 세계로 이어지는 입구 앞에서 가장 많은 두려움을 느끼는 법이다. 일단 입구에 발을 들이밀고, 미지의 세계로 몸을 내던지면, 생각보다 별것 아니라는 사실을 깨닫게 되고 용기가 저절로 생기게 된다. 어떻게든 뚫고 나가면 그다음은 갈수록 쉬워진다. 필자도 처음에 책을 내는 데

5개월이나 걸렸다. 그러나 그 이후부터 2개월로 줄었다. 지금은 책 3권의 원고를 동시에 집필하고 있다. 책을 몇 권 쓰고 나니, 출판사에서 작품을 써달라고 요청이 들어온다. 자연스럽게 다작하는 구조가 되었다.

필자가 처음부터 다작을 결심한 것은 아니었다. 처음엔 단지 인간의 지능에 대해 호기심이 많았고, 주로 그런 분야의 책을 취미로 읽었을 뿐이다. 그래서 초기엔 천재와 영재를 주제로 한 책을 출간했고, 천재와 영재를 연구하는 과정에서 점차 심리학적 지식과 철학적 소양이 길러지게 되었다. 그리고 이렇게 길러진 철학적 소양으로 인문 철학서를 집필하게 되었다. 책의 집필 범위가 확장된 것이다.

이 세상의 모든 학문은 보다 높은 경지에서 통하기 때문에, 하나의 주제로 독서를 하고 책을 쓰다 보면, 자연스럽게 인근 학문 영역으로 역량이 확대된다. 결과적으로 다양한 주제의 책을 쓸 수 있게 되는 것이다. 그래서 다작하는 작가가 되기 위해서는 일단 책 한 권을 써야 한다. 그러면 저절로 다작을 해야 할 상황이 만들어진다.

다작을 하는 것은 돈을 모으는 것과 같다. 돈이 없는 사람에게 1억 모으는 것은 어려운 일이지만, 이미 5억이 있는 사람에겐 돈 1억 만드는 것은 쉬운 일이다. 100억 있는 사람이 단돈 1억 만들기는 더 쉽다. 책 쓰기도 마찬가지다. 처음 한 권은 어렵지만, 계속 쓸수록 속도가 빨라진다. 그렇다고 책의 퀄리티가 떨어지느냐? 그것도 아니다. 책을 쓰면 쓸수록, 작가는 더 똑똑해지고 다루는 소재 역시 더욱 풍부해진다. 양질의 전환이 일어나기 때문에, 언제나 명작은 다작하는 작가들 손에서 태어난다.

기획하기 : 책 쓰기의 시작

주제 선정하기

이 세상에 책을 쓰고 싶어하는 사람은 많아도, 어떤 주제로 써야 하는지 뚜렷한 생각을 가지고 있는 사람은 많지 않다. 막연하게 '좋은 글을 써서 작가로 인정받아야겠다' 는 생각을 할 뿐이다. 하지만 이 상태로는 결코, 책 쓰기에 성공할 수 없다. 아무리 글쓰기 실력이 뛰어나다고 해도, 이 세상에 하고 싶은 말이 없다면 작가가 될 수 없다. 주제의 발견이 책 쓰기의 시작이다.

글재주 있는 사람이 책을 쓰는 것이 아니라, 쓸 주제가 있는 사람이 책을 쓰는 것이다. 책 쓰기가 어려운 이유는 글재주가 부족해서가 아니라 자기가 뭘 말하고 싶은지 모르기 때문이다. 글재주는 부족해도 남들에게 없는 독특한 경험이 있는 사람이 책을 내는 데는 더 유리하다.

책 쓰기를 시작하려는 사람은 먼저 자신의 내면을 살펴봐야 한다. 무슨 말을 하고 싶은가에 대한 정답은 당신 내부에 있지 외부에 있지 않기 때문이다. 내면에서 무엇인가를 발견했다면, '내가 세상 사람들에게 줄 수 있는 것은 무엇인가?'를 고민해 야 한다.

주제를 정하기 막막할 때 다음 사항을 고려한다면 큰 도움이 될 것이다.

첫째, 당신이 지금 하고 있는 일은 무엇인가?(직장, 직업)

당신이 지금 하고 있는 일은 무엇이고, 그 일을 한 지 얼마나 되었는가?

책 쓰기는 해당 주제에 대한 저자의 전문성이 어느 정도 담보 되어야 하므로, 당신이 오랫동안 해온 일, 가장 잘 알고 있는 분 야에서 주제를 찾는 것이 일반적으로 권장된다. 해당 분야에서 쌓아온 지식과 경험이 풍부하다면, 책에서 다룰 사례도 풍성하 고 깊어질 수밖에 없다. 그 자체로 책 쓰기에 유리한 조건이 형 성되는 것이다. 이미 머릿속에 있는 지식과 경험을 책의 형태로 풀어내기만 하면 되기 때문에 주제를 잡기도 쉽고, 원고도 단기 간에 마감할 수 있을 것이다. 비록 1~5년의 비교적 짧은 경력이라고 해도, 풍부한 자료 수집을 통해 부족한 지식과 경험을 보충하면 크게 뒤지지 않는 책을 펴낼 수 있다.

둘째, 직장에서 하는 일 외에 다른 특기나 취미가 있는가?

개인적인 취미나 특기도 책의 주제를 정할 때 반드시 고려해야 할 사항이다. 직장 생활을 겸하는 작가 중에는 회사 업무와 전혀 관련 없는 주제로 책 쓰기를 해서 성공한 사례가 적지 않다. 지금 별것 아닌 것처럼 여겨지는 사소한 취미나 관심사도 당신이 작가로 데뷔하는 데 있어 강력한 돌파구가 될 수 있다.

당신에겐 어떤 특기가 있는가? 반드시 거창한 것일 필요는 없다. 대중에게 실용적인 도움을 줄 수 있으면 된다. 주식의 고수인가? 요리를 아주 잘하는가? 영어 실력이 탁월한가? 직업은 아니지만, 개인적인 특기가 있고, 그것이 대중에게 실용적인 도움을 줄 수 있는 수준이라면, 충분히 책 쓰기의 주제로서 손색이 없다. 특기를 책 쓰기로 연결하면 커다란 파급력을 만들어낼 수 있다. 취미가 전문성으로 도약하는 것이다. 만약 필자가 책을 쓰지 않았다면, 그저 취미로 철학을 공부하는 사람 정도에 불과했을 것이다.

셋째, 사람들에게 내세울 성취의 경험이 있는가?

개인적인 성취의 경험도 책 쓰기의 주제가 될 수 있다. 꼭 거창한 것을 주제로 삼을 필요는 없다. 당신이 창업을 해서 성공한 사람이라면, 성공하기까지 우여곡절을 겪으면서 깨달은 노하우를 책에 담아 대중의 반응을 이끌어낼 수 있을 것이다. 탁월한 인간관계 능력으로 큰 성취를 이룬 경험이 있는 사람은 관계 맺는 기술에 관한 책을 쓸 수 있고, 뛰어난 화법으로 성취 경험이 있는 사람은 말 잘하는 기술, 즉 화법에 관한 책을 쓸 수도 있을 것이다. 내가 지금 잘할 수 있는 것은 무엇인지, 다른 사람에게 자랑할 수 있는 부분은 무엇인지를 생각해보길 바란다.

넷째, 실패의 경험이나 응어리진 부분이 있는가?

전문성, 특기, 성취 경험 같은 밝은 부분만 책 쓰기의 주제가 될 수 있는 것은 아니다. 실패의 경험, 고난과 시련의 경험 같은 어두운 부분도, 조금만 비틀어보면 충분히 책 쓰기의 주제가 될 수 있다. 살아오면서 세상에 꼭 하고 싶은 말이 있는가? 세상에 대한 불만이라도 좋다. 누구나 마음속에 응어리진 부분, 상처받은 기억이 있을 것이다. 세상 사람들은 크게 보면 사는 것이 거의 비슷비슷하다. 직장인은 직장 내 인간관계 때문에 스트레스 받고, 자영업자는 지금 잘 나가도 언제 사업이 망할지 모르기 때문에 불안하고, 실업자는 무력감으로 하루하루를 보낸다. 모든 사람은 각자 자기 위치에서 삶의 고충을 느낀다. 당신이 품은 세상에 대한 해석이 대중의 일반적 정서와 교집합을 형성하는 것이라면, 상당한 공감을 이끌어낼 수도 있다. 인생의 굴곡이 심한 사람은 역동적인 인생 스토리로 많은 사람에게 위로와 희망의 메시지를 전달해줄 수 있을 것이다.

주제를 먼 달나라에서 찾으려 하면 더 힘들어진다. 자신과 제일 가까운 곳, 즉 자신의 내면부터 살펴보는 게 좋다. 삶으로부터 올라오는 고민에 집중해보라. 거기에 힌트가 있다. 세상 사람들 대다수가 당신과 똑같은 고민을 하고 있는가? 그 주제를 직접적으로 다루는 책을 써본다면 의외의 좋은 결과가 있을 수도 있다.

주제를 외부에서 찾을 수도 있다. 아무리 고민해보아도 답이 나오지 않는다면, 더는 시간 낭비 하지 말고 의자에서 일어나길 바란다. 그리고 바로 서점으로 달려가라. 각 코너에 전시된 책들을 읽어보고 참고하는 것도 방법이다.

당신이 조금이라도 흥미를 느끼는 분야의 책을 50권 구매해서 공부해보길 바란다. 보면서 차츰 지식이 쌓이기 시작할 것이고, 자연스럽게 그것이 당신의 가장 자신 있는 분야가 될 것이다. 이

것이 책 쓰기로 연결될 수 있다. 물론, 그런 경우라도 자신의 경험과 통찰이 들어가야 한다.

작가란 결국 이 세상에 하고 싶은 말이 있어야 될 수 있는 것이다. 자신이 무엇에 관심이 있는지, 자신이 무슨 말을 하고 싶은지조차 모르는 사람에겐 책의 주제를 정하는 것부터가 곤욕일 것이다. 그래서 내적 탐구가 중요하다.

지금 당장, 아래 사항을 고민해보기 바란다.

- 살면서 무엇을 할 때 행복하고 편안했는가?
- 나의 진짜 꿈은 무엇인가?
- 내가 애착을 갖는 대상은 무엇인가?
- 경제적 자유가 보장된다면 무엇을 하고 싶은가?
- 내가 가장 자부심을 느끼는 분야는 무엇인가?
- 가장 감추고 싶은 나의 약점이나 콤플렉스는 무엇인가?
- 지금 내가 하고 있는 일은 무엇인가?

나의 관심사와 대중의 관심사가 겹치는 부분이 주제다

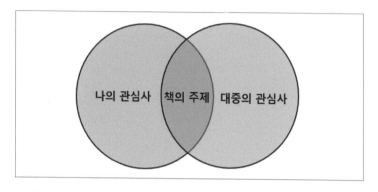

자신의 관심사에 집중해서 연구해도, 충분히 짜임새 있고 독창성 있는 원고가 나올 수 있지만, 그것이 대중의 관심사와 너무 괴리되어 있다면 주목을 받을 수 없다. 대중은 자신이 흥미를 느끼지 못하는 주제의 책은 거들떠보지도 않는다. 비록 당신의 책이 그 자체로 심오하고 독창적일지라도 말이다. 꼭 인정받기 위해서, 사람들에게 주목받기 위해서 책을 내는 것은 아니지만, 책의 본질이 다른 사람에게 자신의 지식과 정보를 전달하는 것에 있음을 잊어선 안 된다. 그 본질을 달성하려면 일단 책이 사람들에게 많이 읽혀야 한다. 그렇다고 자신의 관심사를 버리고 무조건 대중의 기호에 따라서만 글을 써야 하느냐? 그렇지만도 않다. 자신의 관심사와 대중의 관심사가 일치하는 부분에서 주제를 찾아야 한다. 교집합 되는 부분이 없다면 자신의 관심사를 최대한 대중의 기호에 맞게 조리해야 한다. 자신이 원하는 주제로 책을 쓰더라도 활용할 사례와 구성을 대중의 기호에 맞춰야 한다는 말이다.

출판사의 선택을 받는 원고는 두 가지로 나눌 수 있다.

첫째, 잘 팔릴 것 같은 원고

둘째, 시장성은 떨어지지만, 이 세상에 반드시 필요하다고 여겨지는 내용의 원고

만약 당신이 대중의 관심사와 다소 동떨어졌지만, 좀 더 심오한 주제로 책을 쓰려고 한다면, 제대로 각오하고 임하길 바란다. 최소한 출판사 대표를 설득할 수 있음은 물론, 공신력 있는 기관에서 우수도서로 선정될 수 있는 수준의 원고를 완성해야 할 것이다. 그래야만 시장성의 열세를 극복하고 공식적인 양서로 거듭날 수 있을 것이다.

타깃 독자를 명확히 하라 :
모두를 위한 책을 쓰면 망한다

이 세상 모든 사람을 만족시킬 수 있는 책은 없다. 인류 최고의 베스트셀러인 성경조차 세상의 모든 사람을 만족시키지 못했다. 현세대를 위한 책은 미래 세대를 만족시키기 어렵고, 미래에 주목을 받을 책도 현세대에겐 외면받을 수 있다. 그렇다고 해도 애매하게 모두를 위한 글을 써서 모두에게 외면당하는 것보다야 나을 것이다. 모든 책은 명확한 타깃 독자를 가져야 한다. 또, 명확한 타깃 독자를 세울 수 있는 주제로 글을 써야 한다.

여성을 위한 책인가?
여성 중에서도 누구를 타깃으로 하는가?
젊은 여성인가, 중년층인가?
젊은 여성이 타깃이라면, 양육과 관련된 책인가 아니면, 미용과 관련된 책인가?

이처럼 책을 쓰려면 타깃 독자를 명확히 해야 한다. 초보 작가들이 흔히 저지르는 잘못된 행동 중 하나가 자기 책을 세상 사람들이 모두 읽어야 한다는 생각으로 책을 집필하는 것이다. '내 책에는 좋은 내용이 많으니 많은 독자로부터 사랑받을 것이다', '나는 누구에게나 도움이 될 만한 내용으로 책을 쓰겠다' 와 같은 생각으로 책을 쓴다면 낭패를 보게 될 것이다. 아니, 원고 자체가 출판사 문턱을 넘지 못할 것이다. 타깃 독자가 명확하지 않은 책은 출판사로부터 시장성이 없다는 평가를 받을 것이고, 설령 무리해서 책이 나온다고 해도 그 누구도 만족시켜줄 수 없는 애매한 책이 되어버릴 것이다.

예를 들어, '몸 만들기' 에 대한 책을 쓰는데, 추가로 '마음 수련' 이라는 콘셉트를 넣었다고 해보자. 육체미뿐만 아니라 정신건강도 얻어갈 수 있으니 일거양득이라 생각할 수 있지만, 현실은 양쪽 독자 모두에게 외면당할 공산이 크다. 몸 만들기면 몸 만들기, 정신 수양이면 정신 수양에만 중점을 두고 책을 써야 한다. 그래야 좀 더 강하고 깊은 메시지를 독자들에게 전달해줄 수 있다.

작가가 자신의 원고에 갖는 애착과 자부심은 존중해줄 수 있지만, 세상의 반응은 당신의 기대와 많이 다르다는 사실을 염두에 두어야 한다. 책은 누구를 위한 책인지, 타깃 독자를 명확히 설정해두고 철저하게 그들을 만족시켜줄 수 있는 콘텐츠로 분량을 채워나가야 한다. 타깃 독자층을 명확히 했다면, 작가는 그들이 무엇을 가장 원하는지, 그들에게 가장 유익한 내용은 무엇인지, 다른 경쟁도서가 그들에게 제공해주지 못한 것은 무엇인지 분석해야 한다. 모두를 위한 책을 쓴다는 것은 결국, 그 누구도 만족시킬 수 없는 애매한 책을 쓰겠다는 것과 같다. 타깃 독자를 애매하게 설정해도 베스트셀러가 되는 경우는, 이미 대중적으로 인지도가 높은 사람이 책을 냈을 때밖에 없다.

읽는 사람과 구매하는 사람이 다른 책도 있으니 주의해야 한다. 유아와 청소년을 타깃 독자로 한 책이 대표적인 예다. 유아용 동화책은 아이가 보지만, 책을 구매하는 사람은 부모다. 독자와 구매자가 다르다. 이는 청소년 도서도 마찬가지다. 그래서 책의 지적 수준은 아이들에게 맞춰야 하지만, 구매를 설득하는 것은 부모에게 초점을 맞춰야 한다. 아이가 왜 이 책을 읽어야 하는지, 이 책의 교육적 효과가 어느 정도인지, 정부의 교육정책과 얼마나 연관성이 있는지 등을 어필해서 홍보를 해야 책이 잘 팔릴 것이다. 누구를 위한 책인가? 결국, 아이와 부모 모두를 위한 책이다.

자기가 쓰고 싶은 대로 쓰는 것도 망하는 지름길이다

필자의 주장에 대해, '자신의 정신세계를 온전히 담아내야 진정한 작가지, 다른 사람들의 눈치를 봐가면서 글을 쓴다면 예술가로서의 독창성을 포기하는 것이다' 라고 반문하는 사람들도 있을 수 있다. 글을 쓰고 있는 필자도 처음엔 그렇게 생각했다.

하지만 책을 여러 번 써보면서 단순하지만 부정할 수 없는 진리를 깨달았다. '책은 내가 읽는 것이 아니라, 타인이 읽는 것' 이라는 사실 말이다. 책과 일기장의 차이가 뭐라고 생각하는가? 별것 없다. 글을 썼는데 남이 읽으면 책이고, 내가 읽으면 일기장이 되는 것이다. 작가는 독자들이 원하는 글을 쓰지만, 내용을 구성하고 전달하는 방식에서 필연적으로 지적 개성이 묻어나게 되는데, 이것을 작가만의 고유성 또는 독창성이라 말할 수 있을 것이다. 처음부터 끝까지 자기가 하고 싶은 말만 써놓으면, 결국 아무도 읽어주지 않는, 자기 만족을 위한 글밖에 되지 않는다. 이런 글을 독창성 있는 글이라고 불러줄 사람은 아무도 없다.

미숙함과 독창성을 혼동하지 말기 바란다. 보편적이지 않다고 해서, 100% 자기 생각대로 글을 썼다고 해서, 그것이 곧 독창성을 의미하는 것은 아니다. 타깃 독자도 명확하지 않고, 주제도 왔다 갔다 하는 원고를 독창성이 뛰어나다고 하진 않는다.

당신의 책이 독자들에게 사랑받길 원하는가, 아니면 사람의 눈길이 닿지 않는 한쪽 구석에 내던져지길 원하는가? 전자를 원한다면 당신의 책을 읽어줄 독자들의 마음을 사로잡을 수 있는 글을 써야 한다.

모두를 위한 책을 쓰면 망하지만, 자기를 위한 책을 써도 망한다. 일단, 타깃 독자를 명확하게 설정했으면, 철저히 그들을 만족시켜 줄 수 있는 내용으로 원고를 채워라.

차례 구성하기

본문은 꼭지(소제목)의 집합(대략 30~40개)으로 구성되고, 이때 각 꼭지는 하나의 독립된 레고 블록과 같다. 레고 블록을 이리 붙였다 저리 붙였다 하면서 구조물을 만들어가는 것이다. 차례에서 블록의 순서를 바꿀 수도 있고 추가하거나 뺄 수도 있다. 책의 제목, 주제, 콘셉트를 놓고 볼 때 가장 적합한 구조물이 나올 때까지 블록의 조립과 분해를 계속하는 것이다.

차례를 짤 때는 큰 가지(대제목)를 먼저 세워서 배분하는 것이 효율적이다. 그리고 작은 가지(꼭지=소제목)는 나중에 고려해도 된다. 큰 가지를 먼저 세워 배치하면, 그것이 곧 대제목이 된다. 대제목은 장의 제목으로서 책을 구성하는 큰 그림이 된다. 그리고 그 아래로 작은 가지들을 적절히 배치하면 되는데 이것들이 바로 차례의 최소 단위인 블록(꼭지=소제목)이다. 대제목은 큰 가지이기 때문에 변경하기 쉽지 않지만, 작은 가지인 꼭지는 주제에 대한 독립적 메시지를 담은 최소 단위이기 때문에, 위치의 변경이 비교적 자유롭다. 하나의 대제목 아래에서 다른 꼭지들과 순서를 바꿀 수도 있고 내용의 연관성에 따라 다른 대제목 밑으로 위치를 옮길 수도 있다.

대제목을 먼저 배치하면, 차례는 50% 완성된 것과 다름없다. 각 대제목 밑에 소제목을 세우기만 하면 끝나기 때문이다. 처음부터 소제목을 완벽하게 배치할 필요는 없다. 대제목과의 연관성을 고려하면서 마구 적으며 나열하는 게 좋다. 나열한 것들을 나중에 검토하면서 추리고 적절한 위치를 찾아주는 것이다.

차례의 대제목이 책의 제목과 주제를 잘 반영하고 있고, 각 대제목 밑에 딸린 소제목이 대제목과 위화감이 없이 매끄럽게 이어져 있다면, 차례는 거의 완성되었다고 봐도 무방하다. 독자의 시선에서 볼 때, 각 꼭지의 구성과 제목이 충분히 매력적인지 추가로 검토하면 된다.

보통 이 정도 선에서 차례를 마무리하고 본문 작성 단계로 진입한다. 본문을 채워나가면서 자연스럽게 차례를 손보게 되어 있으니, 완벽에 집착할 필요가 없다. 차례는 대강(대략 70~80% 정도) 세우고 본문에 진입하는 것이다.

작가 중에는 차례는 건물의 뼈대와도 같기 때문에, 처음부터 100% 완벽하게 세우고 집필에 들어가야 한다고 주장하는 사람도 있지만, 필자는 생각이 조금 다르다. 본문을 쓰다 보면 자연스럽게 알 수 있다. 차례를 아무리 완벽하게 세운다고 해도, 본문을 작성하다 보면 차례 구성에서 반드시 보충하거나 빼야 할 부분이 생기게 마련이다. 위치를 변경해야 할 부분이 생기는 것도 다반사다. 작성할 본문에 대한 고려 없이 차례만 펼쳐놓고 그 자체로 완벽한 구성을 꾀할 수는 없다. 차례는 본문을 작성하기에 문제가 없을 정도로 완성하면 되고, 본문을 작성하는 과정에서 차례를 다시 손봐가는 것이다. 뺄 것은 빼고, 보충할 것은 보충하고, 위치가 어색한 것은 적절한 위치로 옮겨줘야 한다.

차례 구성의 예

여기서 예시로 든 차례는 2022년 세종도서(문화체육관광부 우수교양도서)로 선정된 《4차 산업혁명과 인공지능 : 10대라면 반드시 알아야 할》에서 가져온 것이다.

책의 콘셉트는 4차 산업혁명과 그와 관련된 과학기술들을 쉽고 재미있게 설명해주는 청소년 과학기술서다.

'4차 산업혁명'이라는 주제는 대중의 관심사에도 부응하고, 그것을 적정한 구성과 깊이로 풀어냄으로써 양서로서 공신력을 인정받을 수 있었다. '4차 산업혁명'을 주제로 책을 쓴다고 하면, 우선 주요 독자층을 설정하고 이에 맞게 '4차 산업혁명'이라는 개념을 다각적으로 분석해야 한다. 그냥 '4차 산업혁명'이라고 뭉뚱그려서 생각하면, 차례를 짜기 어려워진다. 차례를 짤 때는 하나의 개념을 여러 개로 쪼개야 한다. 필자는 '4차 산업혁명'이라는 개념을 '4차 산업혁명의 개념과 실체', '인공지능', 컴퓨터와 정보통신기술', '스마트공장과 자율주행차를 비롯한 다양한 기술들'로 쪼갰고, 해당 대제목 하에 작은 가지인 소제목들을 적절히 배치하여 차례를 구성했다.

Chapter 1에서는 '4차 산업혁명의 개념과 실체'라는 대제목(큰 가지) 아래 '산업혁명의 발전과정', '4차 산업혁명의 개념', '현실에서 일어날 변화들', '4차 산업혁명의 핵심기술', '직업에 미치는 영향'이라는 작은 가지들을 적절히 배치했다. 나머지 챕터도 이런 식으로 구성했다.

눈으로 읽어보며, 큰 가지(대제목)와 작은 가지(소제목)의 유기적 관계와 흐름에 집중해보길 바란다.

프롤로그

4차 산업혁명과 인공지능의 세계로

Chapter 1 당신이 맞이할 미래, 4차 산업혁명

1. 산업혁명은 어떤 단계를 거쳤는가?

2. 4차 산업혁명이란 대체 무엇인가?

3. 4차 산업혁명은 과연 실체가 있는가?

4. 4차 산업혁명 시대, 무슨 일이 일어날까?

5. 4차 산업혁명의 핵심은 인공지능과 빅데이터다

6. 빅데이터와 인공지능은 왜 4차 산업혁명의 핵심이 되는가?

7. 4차 산업혁명 시대의 디지털 기술들

8. 4차 산업혁명 시대, 사라질 직업과 떠오르는 직업은?

9. 기술이 발전해도 직업의 본질은 지속된다

Chapter 2 사람처럼 생각하는 컴퓨터, 인공지능

1. 인공지능이란 대체 무엇일까?

2. 인공지능은 어떻게 배워나가는 걸까? : 머신러닝과 딥러닝

3. 터미네이터 같은 로봇은 언제 만들어질 수 있을까?

4. 예술의 영역에 뛰어든 인공지능

5. 정보사회의 원유, 빅데이터란 무엇인가?

6. 빅데이터에도 속성이 있다고?

7. 구글은 어떻게 나를 그렇게 잘 알까?

8. 미래의 고소득 직업, AI 빅데이터 전문가

Chapter 3 컴퓨터와 정보통신기술

1. 컴퓨터는 어쩌다 만들어졌을까? 계산기에서 컴퓨터가 태어났다고?

2. 옛날 컴퓨터는 왜 크기가 집채만 했을까?

3. 컴퓨터는 왜 숫자 0과 1만 인식할까?

4. 하드웨어와 소프트웨어는 무엇이고 어떻게 다른가?

5. 인터넷은 언제, 어떻게, 왜 시작되었을까?

6. 1G, 2G, 3G, 4G, 5G가 무엇을 의미하는 걸까?

7. 5G는 초고속성, 초저지연성, 초연결성을 특징으로 한다

8. 정보와 데이터는 무엇이고 어떻게 다른가?

9. 데이터 마이닝하는 방법은 무엇인가?

10. 클라우드 컴퓨팅과 엣지 컴퓨팅

11. 플랫폼은 왜 강력한 무기가 되는가?

12. 전자화폐란 무엇인가?

13. 비트코인과 블록체인은 무엇인가?

14. 포켓몬GO를 왜 증강현실 게임이라고 하는가?

Chapter 4 상상을 현실로 만드는 기술들

1. 사물 인터넷이란 무엇인가?

2. 사물 인터넷과 정보보안 문제는 무엇인가?

3. 스마트 공장 : 다품종 유연생산의 총아

4. 스마트 안경 : 〈드래곤 볼〉의 스카우터가 현실화된다면?

5. 3D 프린터 : 생산과 소비의 경계를 허물다

저자 **프로필 작성**하기

저자 프로필은 책표지 바로 다음 부분에 등장하며, 독자들은 저자 프로필을 보고 많은 것들을 유추하게 된다. 당신이 이 책을 쓸 자격이 있는 사람인지, 얼마나 매력적인 사람인지 등을 파악할 것이다. 독자들은 저자 프로필을 보고 당신에 대한 이미지를 형성하게 된다. 그리고 그 이미지는 책을 다 읽는 순간까지, 아니 독서를 끝낸 이후에도 지속될 것이다. 그래서 중요하다.

그럼, 어떻게 해야 매력적인 프로필을 작성할 수 있을까?
일단 아래 예시를 보자.

1970년 서울 출생
OO고등학교 졸업
OO대학교 경제학과 졸업

동 대학교 대학원에서 경영학 석사/박사 학위 취득

현) OO대학교 경영학과에서 부교수로 재직 중

저서 《OOO》, 《OOOO》

위의 예시를 읽어보니 어떠한가? 사실 위의 예시는 저자 프로필의 나쁜 예이다.

위와 같은 저자 프로필은 재미없는 대학 전공서적에서나 나올 법한 프로필이다. 학력, 직업, 전공, 나이, 경력 등을 단순히 나열하는 방식의 저자 소개는 보기만 해도 하품이 나온다. '박사 학위'나 '교수'라는 타이틀은 분명 고스펙에 해당해서 전문성에 대한 신뢰를 주긴 하지만, 단순히 이것만으로는 독자들에게 매력을 어필할 수 없다. 이 사람이 어떤 사람인지 더 이상 궁금하지가 않기 때문이다. 독자들에겐 흥미가 전혀 없고 출판사 입장에서도 특별한 매력을 느낄 수 없는 저자 소개다.

저자 프로필은 단순히 이력을 늘어놓는 게 아니다. 팩트에 근거하여 최대한 매력적으로 포장해야 한다. 자신의 비전, 철학, 가치관 등이 함께 드러나도록 적는 것이 좋다.

명문대를 졸업하고 좋은 회사에 취직한 고스펙자는 사실 작가

세계에서 아주 평범한 사람에 불과하다. 스펙만으로 독자와 출판사에게 충분히 어필할 수 있다고 생각하면 아주 큰 오산이다. 서울대를 나와 좋은 직장에 다니는 엘리트라도 독자나 출판사 입장에선 그 자체로 아주 평범한 스펙에 불과하다. 대학교수나 전문직 종사자도 평범한 사람에 가깝다.

사실상, 사회적 유명 인사가 아니고서는 특별한 사람이라 보기 어렵다. 똑같이 서울대 의대를 나온 의사라도 대중적 인지도가 있는 의사가 있고, 그냥 평범한 의사가 있듯이 말이다. 오히려 스펙이 없고, 평범한 대학을 나왔어도 자신만의 특별한 스토리가 있고, 그것으로 사람들을 끌어모을 파워를 지닌 사람이 출판 시장에서는 조금 더 특별한 사람에 가깝다. 그러니 저자 소개에는 저자에 대한 학력, 직업, 전공 같은 정보 외에 작가로서 철학과 신념, 개성을 충분히 드러내는 것이 좋다. 프로필 사진은 첫인상과 같고, 앞으로 당신의 책에 인쇄되어 전국 곳곳을 돌아다닐 것이므로 웬만하면 전문 사진작가에게 의뢰하여 제작하는 게 좋다.

마지막으로 하나 더 언급하자면, 저자의 프로필에는 자신에 대한 모든 정보를 넣으려고 하지 말아야 한다. 책의 주제에 맞게 정보를 선택적으로 언급하라는 말이다. 작가의 모든 정보를 프로필에 올리는 것은 무분별한 행위라고 할 수 있다. 해당 저서를 쓴 것에 대해 공신력과 권위를 어필할 만한 정보를 사실에 근거하여 선택적으로 언급해야 한다. 예를 들어, 은행원이 본업인 사람이 니체의 사상을 다루는 철학서를 썼을 경우, 은행원의 경력을 저자 소개에 언급하는 것은 적절하지 않을 수 있다. 물론, 금융지식과 관련된 책을 쓴 경우라면 직업이 전문성을 보장하므로 저자 소개에 은행 근무 경력을 밝히는 게 유리하겠지만 말이다. 없는 스펙을 있는 것처럼 지어내는 것은 허위사실이지만, 자신의 공신력과 권위를 높여줄 수 있는 스펙만을 선택적으로 언급하는 것은 허위사실이 아니다.

또한 전문성에 타격을 줄 수 있는 어중간한 스펙은 언급하지 않는 것이 좋다.

예를 들어, 컴퓨터 관련 수험 서적을 출간한다고 할 때, 저자 프로필에 워드프로세서 자격증은 언급하지 않는 것이 좋다. 컴퓨터 관련 분야 근무 경력, 컴퓨터공학 석사 학위, 컴퓨터 활용능력 1급 정도만 언급하라. 저자 프로필에 워드프로세서 자격증을 언급한다면, 오히려 전문성이 떨어져 보일 위험이 있다.

경쟁도서 분석하기

작가라면 독자가 어떤 부분을 가려워하는지, 어떤 정보를 얻고 싶어하는지 제대로 파악해야 한다. 그러고 나서 자기가 쓰려는 주제로 시중에서 이미 판매되고 있는 경쟁도서를 수집해서 분석하고 연구해야 한다. 그래야만 그들보다 더 좋은 책을 쓸 수 있기 때문이다.

어니스트 헤밍웨이는 보유한 책이 1만 권에 이르렀다. 우수한 사례를 모으는 것이 왜 중요할까? 최고의 단계에 이르기 위해서는 이미 최고에 이른 작품들을 경험해봐야 하기 때문이다. 우수한 사례를 계속 분석하다보면, 성공의 패턴을 엿볼 수 있다. 똑같은 지식이라도 그것을 전달하는 방법(구성과 서술)에 따라 독자들이 느끼는 효용에는 큰 차이가 난다. 독자에게 호평받고 있는 경쟁도서를 분석해보면, 나름대로 전략이 생기게 될 것이다.

필자는 여러분에게 최소 20~30권의 경쟁도서를 구해서 분석하길 추천한다. 비용이 부담되면 동네 도서관에서 책을 대출할 수도 있지만, 이럴 땐 값싼 중고서적이라도 돈 주고 구매해서 준비하는 게 좋다. 책을 대출하면 깨끗하게 보고 반납해야 하기 때문에, 중요한 부분에 줄을 칠 수도 없고, 책 여백에 메모도 할 수 없기 때문이다.

또한, 분석 이후 원고를 쓰는 과정에서 관련 자료가 필요할 때, 다시 찾아보기도 어렵다. 그래서 책을 쓰려는 사람은 웬만해선 경쟁도서를 빌리지 말고 직접 소장하는 게 좋다. 기껏해야 30만 원 안팎이다. 당신이 기획출판으로 책을 내는 한, 책의 모든 제작 비용, 유통 비용, 마케팅 비용은 출판사에서 부담하고 당신은 인세를 지급받게 된다. 작가라면 프로 의식을 가지고 책 쓰기에 임해야 한다. 작가가 책 한 권 쓰는 데 그 정도 비용은 투자할 수 있어야 한다.

경쟁도서 분석은 최대 30권까지가 적정하다. 지나치게 많은 책을 분석하면 사실상 내용이 많이 겹쳐서 투자한 시간과 비용 대비 영양가가 없을 공산이 크기 때문이다. 그래서 경쟁도서를 분석할 때는 같은 주제를 다루지만, 개성이 독특하여 내용이 많이 겹치지 않고, 판매량이 우수한 책을 30권만 추려서 제대로 분석하는 게 좋다. 그 이상 분석하면 별다른 차별점을 찾아내기 어렵다. 내용이 얼마나 겹치는지는 책의 차례를 보면 알 수 있다. 온라인 서점에 들어가서 해당 주제의 책들을 검색해보면 차례를 볼 수 있다. 그 차례와 미리 보기 기능을 활용해 책의 개성을 파악할 수 있다. 그렇게 최종 20~30권을 추려 구매하라.

30권을 구매했다면 이제 공부하는 일만 남았다.

경쟁도서는 평소에 독서하듯이 읽으면 안 된다. 경쟁도서는 기출문제집 공부하듯 전략적으로 읽어야 한다. 빨간펜, 파란펜, 형광펜을 들고 핵심적인 부분(영감을 주고 참고가 될 부분)에 밑줄을 긋고, 그때그때 느끼는 영감이나 드는 생각을 책 귀퉁이나 포스트잇에 필기해가면서 보아야 한다. 분석 노트를 따로 준비해서 각 책을 읽고 책별로 장점, 단점, 특이점, 개선점 등을 정리 및 기록해야 한다. 그래야 기존 경쟁도서에 밀리지 않을 책을 집필할 안목이 생긴다. 이는 중견작가들도 마찬가지다. 이미 책 쓰기에 달인이 된 작가들도 원고 작성을 앞두고 경쟁도서를 분석하는 과정을 절대 소홀히 하지 않는다.

초보 저자들 가운데 경쟁도서를 분석하지 않고 무턱대고 원고를 쓰는 사람들이 많은데, 산전수전 겪어본 필자의 입장에서 보면 원고가 엉망일 가능성이 크다. 딱딱한 논문 형식처럼 써놓았거나 자기가 하고 싶은 말만 주구장창 써놓은 일기장 수준이어서, 도저히 책으로 만들 수 없는 원고라고 보면 된다.

경쟁도서를 분석하면 요구되는 최소한의 원고 수준을 짐작하는 데 도움이 되고, 또 그 수준에 맞춰 원고를 작성할 수 있게 된다. 경쟁도서의 차례 구성, 논리의 전개 방식, 활용한 사례들을 참고하면 원고 작성에 반드시 도움이 된다.

5장

원고 집필하기

책 **쓰기**의 **기본**은 **자료 수집**이다

책을 처음부터 끝까지 자기 생각만으로 쓰는 것은 불가능하다. 독자를 설득할 수 있는 힘은 공신력 있는 자료에 있다. 자료 수집 없이 오로지 자기 생각만으로 책을 쓰는 경우라면 소설이나 시 등 순수 문학 분야에서나 가능하다. 그러나 우리가 쓰고자 하는 책은 실용서다. 독자들에게 유용한 지식과 통찰을 흥미롭게 전달하는 것이 목적이므로, 반드시 객관적 자료와 사례에 근거하여 글을 써야 한다. 되도록 논문, 대학교재, 출간 도서, 다큐멘터리 등 공신력 있고 출처가 분명한 자료를 수집해야 한다.

자료를 수집하면, 세분화하여 유사한 주제끼리 모아 정리해야 한다. 수집한 자료를 무작정 학습하는 것은 효율성이 떨어지기 때문이다. 뭉뚱그리지 말고 주제별로 세분화해서 정리하는 게 학습에도 효율적이고 나중에 다시 찾아보기도 쉽다.

예를 들어, 쓰려고 하는 책의 주제가 마케팅이라고 할 때, 책 전체에서 그 주제를 뭉뚱그려 다루진 않을 것이다. 마케팅이라는 대주제 밑에 세분화된 하위 주제들을 세워 차례를 구성할 것이고, 그 차례에 따라 매일매일 원고를 써나갈 것이다. 자료 수집과 분석은 원고 집필을 염두에 두고 행해져야 한다. 그래야 나중에 가서 고생하지 않는다.

자료를 분석할 때는, 여백에 자신만의 생각을 곁들여 정리해야 한다. 기존의 지식과 학자들의 견해를 공부하다 보면, 단편적 지식 습득의 수준을 넘어, 어떠한 깨달음을 얻게 되는 경우가 많다. 이를 개인만의 통찰이라고 할 수 있을 것이다. 아직 모호하고 직관에 의존한 수준지만, 이를 구체화하고 체계화한다면 본문에서 자신만의 논리를 전개해가는 데 매우 중요한 부분이 될 것이다. 노트를 마련해 자료를 정리하면서도, 그 옆에 자신만의 통찰을 기록하도록 한다(한글 파일을 사용해도 좋다).

자료 수집과 활용의 핵심
- 자료는 논문, 출간 도서, 다큐멘터리 등 공신력 있고 출처가 분명한 문헌에서 수집해야 한다.

- 핵심 키워드를 뽑고 관련성이 있는 자료끼리 묶어 정리한다.

- 인용할 부분은 출처와 함께 따로 표시해서 저장해둔다.

- 중요한 것과 중요하지 않은 부분을 구분해서 표시한다(중요한 정보는 따로 표시하거나 옮겨 적어 다음에 참고할 수 있도록 한다).

- 주제에서 벗어난 내용은 과감히 버린다.

- 활용할 자료는 팩트 체크를 통해 출간 후 논란의 여지가 없도록 한다(공식적인 자료라 해도 사실과 다른 부분이 있을 수 있다).

필자가 하나 더 강조하고 싶은 것은 경쟁도서 분석과 자료 수집을 별개의 과정으로 생각하지 말라는 것이다. 우리가 쓰려는 주제의 책은 이미 시중에 많이 나와 있고, 우리는 이 경쟁도서들을 분석함으로써 개선점을 찾아 최소한 그런 책에 꿇리지 않는 책을 만들어낼 수 있다. 하지만 이것만이 경쟁도서를 구매하는 목적은 아닐 것이다. 경쟁도서에서도 콘텐츠 재료를 확보할 수 있기 때문이다. 경쟁도서는 내가 쓰려는 책과 같은 주제와 같은 내용을 다루고 있기 때문에 자료 수집 창고가 될 수 있다. 나중에 활용할 인용문도 발견해낼 수 있고, 해당 분야에서 부족했던 지식과 정보를 보충하여 전문성을 강화할 수도 있다(그렇다고 경쟁도서에 있는 자료를 그대로 원고에 짜깁기하라는 말은 아니다).

뒤에서 자세히 다룰 내용이지만, 참고자료 없이 오직 자신만의 생각으로 글을 잘 쓴다는 것은 불가능에 가깝다. 변호사, 검사, 판사는 법률 전문가이다. 하지만 이들이 법률과 관련된 책이나 글을 쓴다고 할 때 오직 자신만의 지식으로 글을 채워나갈 수 있을까? 인간의 지식과 기억력에는 한계가 있는 법이다. 대학 교수들도 대학 교재를 집필할 때는 반드시 옆에 참고자료가 있어야 한다. 참고자료의 활용은 글의 오류를 잡아주고, 신뢰성을 높여준다.

글을 쓸 때 참고자료를 활용하는 것은 절대 잘못된 글쓰기가 아니다. 쟁쟁한 지식인도 대부분 이런 방식으로 책을 쓰고 있다. 단지, 표절 문제에 걸리지 않도록 주의할 뿐이다(표절 문제는 대개 수집한 자료를 활용하는 과정에서 생긴다. 표절과 인용에 대해서는 뒤에서 더 자세히 다룬다).

하지만 최고의 경지는 다른 작가의 아이디어를 전혀 다른 분야로 끌고 와서 자기만의 독창성으로 발휘하는 것이다. 이를테면 스티브 잡스는 피카소의 아이디어를 따와 자기 분야에서 혁신을 일으켰다. IT와 미술은 전혀 다른 분야가 아닌가?

모방과 학습을 통해 방대한 데이터를 쌓아두면 그것들을 전혀 다른 분야에 적용시킬 수 있게 되는데, 이럴 경우 모방보다는 전용에 더 가까워진다. 전용은 모방보다 더 높은 경지에 도달해 있는 것이다. 이는 피카소가 자주 취한 방법이다. 그의 그림은 언뜻 보기에 매우 독특하고 개성적으로 보이지만, 사실 미술과 전혀 관련 없는 일상의 소품이나 갤러리에서 볼 수 있는 유물에서 영감을 얻어 그것을 자신만의 방식으로 재구성한 뒤 작품에 담아낸 것이다. 그의 말마따나, 좋은 예술가는 모방하지만 위대한 예술가는 훔친다.

마찬가지로 스티브 잡스는 평소 백화점의 주방용품 코너를 둘러보는 게 취미였다고 한다. 그는 키친아트 믹서기를 참고해서 매킨토시를 만들었다. 직관적인 아이콘 형태의 운영 체재를 가진 매킨토시는 제록스의 그래픽 유저 인터페이스를 활용한 것이고, 여기에 터치 기술을 더해 아이패드를 개발한 것이다.

높은 경지에 오른 작가는 자신이 쓰는 글과 전혀 관련 없는 분야의 글을 보고도 영감을 얻어낼 수 있다. 이런 작가들은 자신의 글쓰기 주제와 전혀 관련 없는 자료를 수집해서 독창성을 발휘하곤 한다.

본문의 **꼭지 작성**하기

글을 작성하는 방법에는 크게 두괄식과 미괄식이 있다. 두괄식 글쓰기는 말하고자 하는 핵심 내용을 글의 첫머리에 쓰는 방법으로, 미괄식보다 권장되는 방법이다. 독자들이 글의 요지를 빠르게 파악할 수 있기 때문이다. 하지만 꼭지당 그렇게 많은 분량의 글자가 들어가지 않는다면, 두괄식을 너무 의식해서 쓸 필요는 없다.

글쓰기의 방식은 글의 종류에 따라 달라질 수 있다. 글쓰기에는 작가의 주관적 생각과 경험담이 주가 되는 글쓰기가 있고, 작가의 생각보다는 객관적인 배경지식이 주가 되는 글쓰기가 있다. 각각의 경우를 하나씩 살펴보자.

작가의 주관적 생각과 경험담이 주가 되는 글쓰기의 경우(수필이나 에세이), 직관에 의존하는 면이 강하다. 억지로 생각을 정리하려 들지 말고, 무작정 펜을 집어들기 바란다. 처음부터 완벽한 구조와 견해가 떠올라서 글을 쓰는 것이 아니라, 글을 쓰는 도중에 생각이 정리되고, 자연스레 영감이 떠오르는 것이다. 글을 쓸 때는 데드라인을 정해두는 것이 좋다. 지금이 저녁 8시라면 9시까지 시간을 정해두고, (어떠한 방해물도 허용하지 않고) 해당 주제로 글을 쓰는 것이다. 조금이라도 생각나는 게 있으면, 기계적으로 써라. 이야기가 중간에 산으로 가더라도, 상관없다. 계속 써라. 문법이 틀려도 상관없고, 글씨가 지저분해도 상관없다. 질보다 양에 초점을 두고, 정해진 시간 동안 머릿속의 생각과 경험을 최대한 풀어내는 것에만 집중하라. 계속 쓰다 보면 두뇌의 여러 부분이 자극을 받기 때문에, 쓰는 도중에 새로운 영감이 떠오르는 경우가 많고, 그것에 꼬리를 물고 글이 계속 전개되어 나가는 경험을 하게 될 것이다(영감이 떠올라서 글을 쓰는 게 아니라, 글을 쓰는 도중에 영감이 떠오르게 된다). 생각이 다른 생각에 영향을 주면서 연쇄반응이 일어나는 경험을 꼭 해보길 바란다.

만약, 자기 생각보다 객관적인 배경지식이 많이 요구되는 글이라면, 작가의 직관보다는 논리적 편집 능력과 객관적인 정보의 전달이 중요하므로, 참고할 만한 자료를 옆에 두고 분석하면서 글을 쓰도록 한다. 간혹 자료를 참고해가면서 글을 쓰는 것을 부정적으로 보는 사람들이 있는데, 이는 결코 잘못된 글쓰기가 아니다. 아마추어뿐만 아니라 해당 분야의 대가들도 글을 쓸 때는 자료를 항상 참고해가면서 글을 쓰는 것이 일반적이다. 사람이 모든 것을 다 알고 있는 것 같지만, 제아무리 공부를 많이 한 사람도 참고자료 없이 글을 쓰기는 어렵다. 판검사나 변호사도, 회계사나 세무사도 자기 분야와 관련된 글을 쓸 때는 객관적인 참고자료를 필요로 한다. 대학 교수들도 대학 교재를 집필할 때 참고자료를 옆에 두고 분석해가면서 글을 쓴다. 시, 수필, 에세이 같은 글쓰기가 아닌 이상 아무것도 참고하지 않고 자기 생각만으로 글을 쓰는 것은 불가능하다.

어떤 종류의 글쓰기든 일단 쏟아낸 다음, 당신이 해야 할 작업은 글의 구조를 다듬는 것이다. 글의 흐름은 당연히 어색하고 거친 상태일 것이다. 주장에 대한 근거와 예시가 빈약한 부분도 있고, 사족이 끼어 있어 각 문단의 연결이 어색한 부분도 많을 것이다. 그래도 걱정할 필요가 없다. 거기에 살을 붙이고 빼는 방식으로 글의 완성도를 차츰 높여 나가면 된다.

글을 반복적으로 검토하면서 논리 전개나 문단의 흐름상 어색한 부분이 있는지 살펴본다. 이때는 문장 하나하나에 집착하기보다는 구조를 집중해서 검토해야 한다(문단과 문단 사이의 흐름이 자연스러운지, 글의 논리성, 통일성, 완결성 면에서 결함이 없는지 검토해야 한다). 주장에 대한 근거가 적절하고 글의 전개 과정에 모순이 없는지, 중언부언하지 않고 하나의 주제에 대해 일관성 있게 내용을 전달하고 있는지, 구성과 마무리가 충실하며 글을 쓰다 만 것 같은 느낌을 주지 않는지 검토하면서 부족한 부분은 보충하고 사족은 제거한다.

문단의 흐름이 어색하면, 문단의 순서를 바꿔보기도 하고, 문단의 첫줄과 마지막 줄을 수정해가면서 각 문단이 매끄럽게 연결되도록 다듬어야 한다. 오탈자나 맞춤법 오류 같은 세세한 부분은 전체 원고를 완성한 뒤, 퇴고 과정에서 일괄적으로 손봐도 된다.

글의 흐름상 독자의 이해를 돕기 위해 사례가 필요한 부분은 자신의 직접적 경험 또는 간접적 경험(다른 자료 기반)을 토대로 작성하면 된다. 주장에 힘을 실어주기 위해 인용이 필요하다면 수집한 자료에서 적정한 부분을 찾아, 본문에 인용하고 출처를 표시하면 된다. 필자의 경우, 인용한 부분은 본문의 다른 부분과 색깔을 달리해서 구분하는 편이다.

이런 식으로, 책 쓰기에서 꼭지 하나가 완성된다. 이 과정을 40 번 정도 반복하면, 결국 책 한 권 분량의 원고가 완성되는 것이다.

사례의 활용 : 원고 분량을 효율적으로 채우는 비법

독자에게 유용하면서도, 원고를 빨리 채울 수 있는 획기적인 비법은 없을까? 한 가지 있기는 하다. 바로 사례를 활용하는 것이다. 사례는 원고에서 상당한 분량을 차지하면서도 독자들의 직관적 이해를 돕는 기능을 한다.

글은 기본적으로 주장과 근거 이론, 그리고 사례로 구성된다. 주장과 이론은 상당히 원론적인 부분이다. 주장은 주관적이라 설득력이 부족하고, 이론은 아무리 검증된 것이라고 해도 특유의 추상성 때문에, 독자의 직관적 이해와 공감을 도모하는 데는 한계가 있다. 이때 필요한 것이 바로 사례다.

예를 들어 'A는 B다' 라고 주장했을 때, 원론적인 이론뿐만 아니라 직관적 이해를 돕는 사례를 함께 제시하는 것이다. 자신이 직접 경험한 사례를 언급해도 되고, 경험이 부족하다면 출처를 밝히고 간접 경험을 사례로 제시하면 된다. 자기 사례를 많이 언급하면 책에 작가 고유의 개성과 독창성이 담겨 있다는 인상을 주는 효과가 있고, 공신력 있는 간접 사례를 많이 언급하면 작가의 개성은 희미해도 좀 더 객관적인 인상을 풍기는 효과가 있으니 참고해서 집필하기 바란다. 풍부한 사례를 활용하면 작가는 원고의 분량을 손쉽게 채울 수 있을 뿐만 아니라 자기주장에 설득력이 생기게 되고, 독자들은 딱딱하고 추상적인 이론을 보다 재미있고 직관적으로 이해할 수 있게 된다. 실로 독자와 작가 모두에게 이익이 되는 윈윈 전략인 셈이다. 다양한 사례를 활용해서 책을 쓰는 작가로는 말콤 글래드웰이 대표적이다. 그는 사례 성애자라고 할 만큼 다양하고 흥미로운 사례를 제시하는 것으로 유명한데, 실제 그의 책을 분석해보면 전체 분량에서 사례가 차지하는 비중이 매우 크다는 것을 알 수 있다.

원고 분량을 늘리기 위해 하지 말아야 할 행위도 알려주겠다. 간혹, 예비 저자 중에는 시각자료를 도배해서 책 한 권 분량의 원고를 뚝딱 만들려고 하는 경우가 있는데, 시각자료는 부족한 분량을 채우기 위해 억지로 넣는 것이 아니다. 시각자료는 해당 텍스트의 내용과 관련이 있어야 하며 독자들의 이해를 돕고 흥미를 돋는 기능을 제대로 수행해야 한다. 필요에 따라 책의 분위기를 살리기 위한 목적으로 출판사의 편집자가 삽입하기도 한다. 시각자료는 정당한 이유와 기대되는 효과가 없으면 삽입할 필요가 없다. 물론, 운동법이나 레시피를 소개하는 실용도서의 경우 시각자료(사진과 그림)가 핵심적 비중을 차지하므로, 전체 원고에서 글이 차지하는 비중이 50% 수준이라도 책 출간이 가능할 수 있다.

또한, 분량을 채울 목적으로 의미도 없고 논점과 주제에서 벗어난 내용을 원고에 도배하는 행위, 이미 다른 곳에서 했던 말을 불필요하게 여러 번 반복해서 도배하는 행위도 하지 말아야 한다. 흐름상 주제를 벗어나는 내용은 과감히 삭제해야 한다.

죽어도 **영감**이 떠오르지 **않을 경우**

뇌를 쥐어짜가면서 글을 쓰다 보면, 웬만한 것은 다 써진다. 그런데, 수집한 자료를 아무리 분석하고 뇌를 쥐어짜봐도 도저히 영감이 떠오르지 않을 때가 있다. 이럴 땐 어떻게 해야 할까? 이는 실로 모든 작가의 고민일 것이다. 필자 역시 아무리 글을 써내려가도, 도저히 만족할 만한 영감이 떠오르지 않는 경우가 있다.

사실, 창의성이라는 재능은 비정형적인 재능이다. 비정형적이라는 말은 암기력처럼 언제 어디에서든 자신이 원하는 만큼 발휘할 수 있는 고정적 성질의 것이 아니라는 말이다. 창의력은 암기력을 발휘하는 것과 차원이 다르다.

암기 위주의 학습은 인간의 의지가 더 크게 개입된다. 구체적인 계획을 세우고 학습 목표에 대한 의지를 다지면 달성 가능성이 그만큼 높아지게 된다. 하지만 창의성이라는 것은 '오늘 오후 3시까지', '다음 주 목요일까지' 처럼 일정한 기간을 정해두고 발휘될 수 있는 것이 아니다. 데드라인을 활용하는 것은 효과적이지만, 오히려 데드라인에 집착한 결과 사고가 경직되어 영감이 저 멀리 도망치는 경우도 많다.

창의성이 비정형적인 이유는 그것이 무의식에서 출현하기 때문이다. 창의성은 잠복기가 있다. 잠복기는 의식 세계 아래에 있는 무의식이 일하는 기간이다. 관련 자료를 수집 및 분석한다고 해서 곧바로 좋은 아이디어가 떠오르지 않는 이유는, 그것이 아직 의식의 영역에만 머물러 있기 때문이다. 무의식이 일을 끝마칠 때까지 의식은 다른 일에 집중해도 되고 쉬어도 된다. 무의식이 일을 할 때 의식은 잠시 그 문제에서 벗어나 다른 일에 집중하는 것이 더 효율적이다.

오늘 작성할 소제목(꼭지) 내용이 대단한 창의성을 요구하는 것이라 도저히 글이 써지지 않는다면, 그것을 잠시 내려두고 본문의 다른 부분을 먼저 작성하기 바란다. 시나 소설 같은 순수 문학이 아닌 이상, 1쪽부터 250페이지까지 오로지 자기 생각만으로 채워지는 책은 존재하지 않는다. 상대적으로 자기 아이디어가 많이 들어간 부분도 있고 거의 기존의 지식을 편집하여 정리하는 부분도 있게 마련이다. 도저히 영감이 떠오르지 않는 날엔, 창의력보다 논리적 편집 능력이 더 많이 요구되는 부분의 꼭지를 먼저 완성하는 것이 효율적이다. 그러면 하루도 건너뛰지 않고, 예정된 기간까지 원고를 완성할 수 있게 된다. 또한, 다른 꼭지를 먼저 작성하다보면, 두뇌가 새로운 정보에 자극을 받아서 생각지도 못한 영감이 떠오를 수도 있다. 적당한 아이디어가 떠오르지 않아서 미뤘던 부분도, 다른 꼭지를 작성해가는 도중에 저절로 해결되는 경우가 많다. 오늘 떠올리지 못한 아이디어는 언젠간 반드시 떠오를 것이니 걱정할 필요가 없다.

> "반드시 창의적인 아이디어를 떠올리고 말겠다."
> "특별한 아이디어를 생각해낼 때까지 이 자리에서 일어나지 않겠다" 같은 다짐은 당신을 더욱 바보처럼 만들 것이다.

필자의 경험상으로도, 창의적인 아이디어는 언제 어디서든 예고 없이 불쑥 찾아든다. 필자의 경우, 음악을 들으며 산책을 할 때 가장 많은 아이디어가 떠오른다.

글을 쓰다 갑자기 집중력이 떨어지는 날, 아이디어가 잘 떠오르지 않는 날, 필자는 음악을 들으며 근처 동네를 산책한다. 아무 생각 없이 걷다 보면, 뇌는 무의식중에 원고에 대해 생각을 하게 되고, 갑자기 생각지도 못했던 아이디어가 떠오르는 경우가 많다. 이때 필자는 그 아이디어의 핵심 키워드를 재빨리 카톡으로 전송한다(나에게 보내기). 그러지 않으면 잊어버리기 때문이다. 창의적인 아이디어는 갑자기 찾아와서, 예고도 없이 갑자기 사라진다. 나중에 가서 다시 기억을 더듬으면 이미 떠나고 없는 경우가 많다. 그래서 그것을 재빨리 적어 기록으로 남겨두는 것이다. 필자는 아이디어 노트를 준비할 것을 권한다. 스마트폰을 활용해도 좋다. 평소에 떠오른 훌륭한 생각을 수시로 기록해두라. 그리고 그것을 다시 읽어보라.

아무리 고민해도 답이 나오지 않을 때는, 다른 과제에 집중하거나 잠시 펜을 내려놓고 휴식을 취하는 게 낫다. 산책하거나, 샤워하거나, 재미있는 유튜브 영상을 보거나 잠시 숙면을 취하는 것도 좋다. 실제로 많은 천재들은 오랜 시간 궁리해도 해결되지 않는 문제를 만나면 의도적으로 잠을 자거나 산책을 하는 등 정신 상태를 자유롭고 몽롱한 상태에 두었다.

아인슈타인도 샤워 도중 특별한 아이디어가 떠오르는 경우가 많았기 때문에 자신의 연구실에 샤워실을 설치할 것을 고민했다고 한다.

원고 **완성 기간은** 어느 정도가 **적당**할까?

 '책이 장난도 아니고, 그렇게 많은 분량을 쓰려면 적어도 1년은 잡아야 하지 않나요?'

이에 대한 필자의 답은 명확하다. 사람의 능력이나 각자 처한 상황에 따라 차이가 있을 수 있지만, 책 쓰기는 아무리 오래 걸려도 3~6개월 안에 끝내야 한다.

> 주제 정하기, 콘셉트 잡기 2주
>
> 자료 수집하기, 차례 짜기 1개월
>
> 수집한 자료를 토대로 본문을 집필하는 데 2~3개월

위의 예시는 초보자의 실력을 감안해 기간을 최대한 넉넉하게 잡은 경우에 해당한다. 아무리 시간이 오래 걸린다 해도 5개월이면 충분히 책 한 권 분량의 원고를 완성할 수 있다. 필자의 경우 책 쓰기를 시작하면, 직장 생활과 대학원 과정을 병행하면서도

위의 모든 과정을 2개월 안에 끝낼 수 있었다(다소 두꺼운 책이나 난이도가 높은 주제의 책은 3개월 정도 걸리기도 한다). 책 쓰기에 도가 튼 작가들은 1개월 만에 책 한 권 분량의 원고를 완성하기도 한다. 하지만 이 책을 읽고 있는 독자들은 대부분 예비 저자이거나 초보 작가일 것이므로, 너무 무리하지 말고 3~5개월을 목표로 원고를 쓰길 바란다.

한글 파일 기준으로 몇 페이지를 써야 책 한 권 분량의 원고가 나올까?

글자 크기 10포인트에 줄 간격 160% 기준으로(중간에 사진이나 그림이 들어가지 않는다고 가정), A4 용지 100페이지 정도 쓰면 책 한 권 분량(250페이지 내외)의 원고가 완성된다. 만약 원고의 양이 너무 적으면 출판사는 작가에게 추가 분량을 요구할 수 있고, 반대로 너무 많으면 불필요한 부분을 삭제할 것을 요구할 수 있다.

A4 용지 한 장에 글을 꽉 채워 쓰는 것도 힘들어하는 초보자 입장에서, 한글 파일 100페이지는 너무 부담스러운 분량처럼 보일 수 있지만, 생각하기에 따라 많은 분량이 아닐 수도 있다. 평균 잡아 하루 1페이지씩만 작성하면 3개월 만에 책 한 권 분량의

원고를 완성할 수 있기 때문이다. 당신이 직장인이라고 해도 하루 1페이지 정도는 어떻게든 채워나갈 수 있을 것이다. 책을 쓰기로 마음먹었다면 최소한 이 정도 페이스는 유지해주어야 한다. 꼭지를 기준으로 잡으면, 보통 책 한 권은 30~50개의 꼭지로 구성되므로, 한 꼭지당 2~3쪽씩, 1개월 반이면 초고를 완성할 수 있을 것이다.

물론 책을 쓰는 데 정해진 기간이라는 것은 없다(출판계약시 출판사가 원고 완성 및 제출 일자를 계약서에 명시하지 않는 경우). 능숙한 작가는 1개월 만에 원고를 완성하기도 하고, 어떤 작가는 자기 역량에 상관없이 1년에 1권씩만 책을 내기도 한다.

여기서 필자가 강조하고자 하는 것은 책을 급하게 빨리 쓰려고 할 필요는 없지만, 한없이 늘어져서도 안 된다는 것이다. 책 쓰기에는 필수적으로 요구되는 정량적 시간이라는 게 있다. 이를 무시하고 하루 이틀 미루는 게 습관이 되기 시작하면 6개월이 지나도, 1년이 지나도 원고가 완성되지 않을 것이고, 작가의 꿈은 요원해질 것이다. 특히 자료를 수집하고 분석하는 과정에서 해당 분야에 대한 지식이 머릿속에 저장되는데, 이때 머릿속 지식들이 서로 연쇄반응을 일으키면서 최고의 창의성을 발휘할 수 있는 두뇌의 상태가 된다. 이 타이밍을 절대 놓치면 안 된다. 이 시기가 지나기 전에 응집력 있게 몰아붙여서 원고를 완성해야 한다. 원고 작성 기간을 지연시키면 그만큼 축적한 콘텐츠에 대한 감각이 떨어지게 되고, 원고의 일관성과 유기성이 떨어지게 된다. 그래서 책 쓰기는 3~5개월 안에 집중해서 끝내야 하고 아무리 오래 걸려도 6개월을 넘겨서는 안 된다.

책 쓰기는 데드라인이 정해진 프로젝트를 수행한다는 태도로 임해야 한다. 그래야 모든 과정이 착착 진행되고 처음부터 끝까지 내용이 응집력 있게 연결되는 완성도 높은 원고가 나올 수 있다. 중간에 멈추면 내용이 망각되고 흐름이 끊겨 흐지부지되고 만다. 3개월이든 6개월이든 자신이 원고를 완성할 시기를 목표로 세워두고 매일 꾸준히 원고를 작성해가야 한다.

초보는 허들을 낮게 설치해야 한다

*
당신이 해야 하는 일들은 대부분 처음에는 하기 싫을 것이다. 그런 일들은 '감
정적인 거부감'을 일으켜 어떤 결정도 할 수 없게 만들고 결국 할 일을 미루는
지경으로 몰아간다. 당신의 이성은 그 일을 끝내야 한다고 말하지만, 부정적 감
정은 그 일을 하지 못하도록 방해한다. 결정 마비를 극복하려면 우선 장애물을
최대한 낮게 설치해야 한다.

- 페트르 루드비크, 동기부여 전문가

살라미 전술에 대해 들어본 적이 있는가?
　살라미 전술이란 하나의 과제를 여러 단계별로 세분화해 하나
씩 해결해나가는 협상 전술의 한 방법으로, 얇게 썰어 먹는 이탈
리아 소시지 '살라미(salami)'에서 유래한 개념이다.

　필자는 책 쓰기를 할 때 살라미 전술을 자주 활용한다.
　250페이지짜리 책 한 권을 완성하기 위해서는 한글 파일로

100페이지 분량의 원고를 작성해야 한다. 대단히 많은 양처럼 보여 부담감이 느껴질 수 있다. 만약 당신이 작가로서의 꿈을 이루기 위해 원고 작성에 도전해야 할 상황이라면, '100페이지' 라는 분량은 당신에게 굉장한 중압감으로 다가올 것이다. 시나리오를 상상해보자. 당신은 지금 퇴근하고 집에 와서 침대에 누워 있다. 당신의 지친 팔다리는 너무 무겁고, 누워 있는 침대는 푹신푹신하다. 이 상황에서 당신이 '원고 완성' 에 대한 생각을 떠올린다면, 몸과 마음이 한순간에 무거워지기 시작할 것이다. 그럼 당신은 '오늘은 너무 피곤하니까 내일부터 써야겠다' 와 같은 생각을 매일 연발하며 작가의 꿈을 점점 밀어내기 시작할 것이다.

여기서 필자가 전하려는 메시지는 아주 간단하다.

실천력을 높이려면 일을 잘게 나눠 세분화하는 사고방식을 가져야 한다는 것이다. 목표를 하나의 큰 덩어리로 생각하지 말고 잘게 나눠서 작은 단위로 생각해야 한다.

다시 책 쓰기 이야기로 돌아와 보자. 250페이지짜리 책 한 권을 완성하기 위해서는 한글 파일로 100페이지 분량의 원고를 작성해야 한다고 했다. 이때 자신의 과제를 '100페이시의 원고' 가 아니라 '하루 1페이지의 원고'로 인식하는 게 중요하다. 100페이지 분량의 원고가 대단히 많은 양처럼 느껴지지만, 단순 계산으로 하루 2시간 할애하여 1페이지씩만 작성해도 3개월이면 책 한 권 분량의 원고를 완성할 수 있음을 알 수 있다.

'때려죽여도 1일 1페이지씩만 원고를 작성하면 나는 3개월 뒤에 책 한 권 분량의 원고를 완성할 수 있다'라는 생각을 가지고 덤벼야 실천력이 높아지고 작가의 꿈을 이룰 가능성도 커진다. 책을 구성하는 소제목(꼭지)이 40개 정도 된다. 결국, 한 꼭지당 분량이 평균 2~3페이지에 해당하므로, 한 꼭지를 2일에 걸쳐 완성한다는 생각으로 책 쓰기에 임하는 것이다. 중급자라면, 하루에 한 꼭지씩 작성해서 두 달 안에 초고를 완성할 것을 권장한다.

필자는 여기서 책 쓰기를 사례로 들었지만, 사실 이 원리는 책 쓰기 뿐만 아니라 다른 모든 분야에도 그대로 적용할 수 있다.

당신이 어떤 과제를 목표로 세웠든, 아무리 어렵고 방대해 보이는 과제도 100분의 1로 나눠 생각하면 그 무게감도 100분의 1로 줄어들 것이다.

초고는 무조건 빨리 작성하는 것이 최고다

원고는 매일 일정량을 정해두고 작성하는 것이 좋다. 개인의 능력과 사정에 따라 하루 1페이지를 기준으로 삼을 수도 있고 꼭지 1개를 기준으로 삼을 수도 있다. 하지만 계속 쓰다 보면, 쓰는 속도가 갈수록 빨라지는 것을 깨닫게 된다. 무엇이든 처음이 어려운 법이다. 자기가 잘 모르는 분야에 발을 디디고 조금씩 적응하기 시작하면, 요령이 생기면서 자신감에 근육이 붙기 시작한다. 결국, 그 일에 몰입을 더 잘하게 되고 짧은 시간 내에 높은 생산성을 낼 수 있게 된다.

처음에는 '하루 한 꼭지'를 작성하는 것이 목표였지만, 쓰는 속도가 점차 빨라져서 여유 시간이 생기게 된다. 한 꼭지를 작성하는 데 2시간 걸리던 것이 1시간으로 축소된다. 이때, 초보 작가들은 고민하기 시작한다. 남은 시간 동안 '하루 한 꼭지'의 목표를 고수하면서 철저하게 원고의 완성도를 높이는 것에 집중하는 것이 나을지, 아니면 원고를 계속 작성하면서 앞으로 진도를 빼는 것이 나을지 말이다. 필자라면 1초의 망설임도 없이 후자를 선택한다. 초고는 무조건 빨리 작성하는 것이 최고이기 때문이다.

만약 동일한 기간 동안 A라는 사람이 원고 전체 분량의 50%를 완성했고, B라는 사람은 완성도가 다소 떨어지지만 원고 전체 분량을 작성했다고 한다면, B가 더 앞서가고 있다고 볼 수 있다. B라는 사람은 원고 전체를 한 번 완성했기 때문에 성취감도 만끽할 수 있고 원고에 대한 전체적 이해력을 바탕으로 좀 더 거시적인 관점에서 원고를 검토할 수 있게 된다. 반면, 한 번에 한 꼭지씩 집중하며 검토했던 사람은 원고 전체를 완성해도, 결국 꼭지들을 다시 손봐야 할 공산이 크다. 나무 하나하나를 정말 완벽할 정도로 손봐두었다 해도, 이를 결합한 숲 전체의 모습은 자신이 예상했던 완벽함과 거리가 있을 것이기 때문이다(차례의 완성도와는 별개의 문제다).

중요한 것은 완벽이 아니라 완성이다. 필자 역시 '완벽' 보다는 초고를 빨리 '완성' 하는 것에 주안점을 두고 집필한다. 필자는 이미 많은 경험을 해보았다. 각 꼭지는 독립적인 것 같으면서도

서로 많은 영향을 주고받는다. 영감이 부족해서 작성을 미뤘던 꼭지들도, 대부분 다른 꼭지를 작성하는 과정에서 문제가 저절로 해결되곤 한다. 각 꼭지를 작성하는 과정에서 다양한 자료를 분석하게 되고, 뇌가 자극을 받아 전혀 예상치 못했던 창의성의 재료와 관점을 발견하게 되는 것이다.

결국, 진도를 빨리 나갈수록 더 넓은 시각과 풍부해진 지식으로 원고를 작성할 수 있게 된다. 이 원리는 '꼭지' 단위가 아닌 '책' 단위에서도 마찬가지로 적용된다. 많은 책을 집필한 작가일수록 기존의 역량을 기반으로 더 짧은 시간에 더 많은 책을 펴낼 수 있게 된다.

초고를 빨리 완성할수록 책이 출간되는 시점이 앞당겨진다는 생각으로 집필에 임하길 바란다. 책을 출간하는 시점은 초고를 완성하는 시점에 달려 있다고 해도 과언이 아니다.

맞춤법은 얼마나 중요할까?

＊
여기저기 많은 부분에서 비문, 오탈자가 발견되면 저자의 권위와 책의 신뢰성
에 문제가 생길 수 있다. 하지만 맞춤법 오류나 오탈자가 책 전체에서 몇 개 발
견되는 정도로는 큰 문제가 되지 않는다. 우리가 발견하지 못해서 그렇지, 모든
책에는 크고 작은 오류가 숨어 있게 마련이다. 그보다는 문장 길이를 짧게 하고
가독성 있는 표현을 쓰는 데 집중하라. 글의 본질은 사상의 전달에 있다. 문법은
본질이 아니라 수단이다.

- 신성권 작가

 맞춤법은 최종원고를 출판사에 제출하
기 전에 한 번에 검토하면 된다.

글을 쓰는 과정에서 문장을 추가하고 빼면서 완성도를 높이는
작업을 많이 하는데, 그때마다 오탈자나 맞춤법을 일일이 신경
쓰는 것은 대단히 비효율적일 것이다. 초고를 작성할 때는 맞춤
법보다는 적절한 콘텐츠를 원고에 녹여내고, 적절한 표현력을

발휘하는 데 더 집중해야 한다. 맞춤법은 문장의 전달력에 문제가 되지 않을 정도면 된다. 초고는 무조건 빨리 쓰는 게 최고다. 초고는 '완벽하게 쓰는 것'이 아니라 '완성하는 것'이다. 한 자 한 자 너무 신경 쓰다 보면, 글쓰기의 본질이라 할 수 있는 내용의 전달에 제대로 집중하지 못하게 된다. 실제로 필자는 글을 쓸 때 형식, 맞춤법 따위를 모두 무시한다.

필자의 머릿속에 떠오른 생각을 전달하는 것에만 집중할 뿐이다. 맞춤법 오류나 오타는 나중에 퇴고 과정에서 한 번에 고치면 되기 때문에 그다지 신경 쓰지 않는다. 오타, 비문은 출판사의 편집 과정에서도 수정되고 다듬어진다. 물론 편집자도 사람이기 때문에 오류를 몇 개 놓칠 수 있지만, 작정하고 찾지 않는 이상 그렇게 눈에 띄는 정도는 아닐 것이다.

사실, 거의 모든 책에는 비문과 오타가 숨어 있다. 작정하고 찾으면 나오게 마련이다. 중쇄에 들어간 베스트셀러 책에서도 발견되고, 맞춤법의 중요성을 강조하는 논문이나 책에서도 맞춤법 오류나 오타가 심심찮게 발견된다. 만약 발견하지 못했다면, 너무 사소하고 눈에 띄지 않아서 놓쳤을 가능성이 크다. 그만큼 오류가 하나도 없는 100% 완벽한 책을 만드는 것은 쉬운 일이 아니다. 작가와 출판사가 할 수 있는 일은 오류를 최소화하여 최대한 눈에 띄지 않게 하는 것이다. 책 전체에서 사소한 오류가 몇 개 발견되는 정도라면 준수한 편이라고 할 수 있다.

어떤 작가들은 맞춤법을 대단히 중시하면서, 일반 대중, 심지어 다른 작가의 글쓰기를 지적하고 나무라지만, 필자는 그렇게까지 맞춤법에 목숨을 걸 필요는 없다고 생각한다. 글의 본질은 사상의 전달에 있으며 문법은 수단에 불과하다. 문법적 오류가 너무 심하거나 빈번하면 사상의 전달에도 지장이 초래되는 경우가 있긴 하지만, 대부분 그 정도까지 가지는 않는다. 문법을 지키도록 상식적인 선에서 노력하되, 그래도 발견되는 오류는 어쩔 수 없는 것이다. 그보다 작가는 내용의 전달에 집중해야 한다. 작가의 본질은 자신의 지식과 경험을 독자들이 이해하기 쉽고 흥미를 느낄 수 있게 글로 풀어내는 것에 있다. 중언부언하지 않고, 문장 길이를 짧게 하고, 이해하기 쉬운 표현을 골라 쓰는 것이 핵심이다.

퇴고 과정에서 맞춤법과 오탈자를 점검할 때는 온라인에 무료로 사용할 수 있는 맞춤법 검사기가 많으므로, 이것들을 활용하는 게 효율적이다. 요즘 맞춤법 검사기들은 문장의 세세한 오류도 잘 잡아내도록 개선되었다. 물론 맞춤법 검사기가 100% 완벽하게 오류를 잡아내는 것은 아니므로, 검사를 마친 후에도 작가가 직접 원고를 출력해서 읽어봐야 한다.

맞춤법에 대해서는 다음과 같이 정리하고 끝내겠다.

여기저기 많은 부분에서 오류가 발견되면, 저자의 권위와 책의 신뢰성에 문제가 생길 수 있다. 하지만 사소한 맞춤법 오류가 몇 군데에서 발견되는 정도로는 큰 문제가 되지 않는다. 그보다는 문장의 가독성에 집중해서 원고를 작성하고, 오탈자를 비롯한 맞춤법 오류는 퇴고 과정에서 한 번에 몰아서 교정하면 된다.

간과하기 쉬운 문법적 오류

단순 오탈자나 맞춤법 오류는 온라인 맞춤법 검사기가 대부분 잘 잡아내는 편이다. 그러나 주어와 서술어의 호응, 목적어와 서술어의 호응 오류는 잘 잡아내지 못하는 경향이 있으므로 작가가 직접 원고를 눈으로 읽어보며 검토해야 한다.

1 주어, 서술어 호응 오류

내 여자 친구가 가장 좋아하는 선물은 화장품을 받는 것이다.

'여자 친구가 가장 좋아하는 선물은' 과 '받는 것이다' 는 호응이 어색하므로 다음과 같이 고친다.

내 여자 친구가 가장 좋아하는 선물은 화장품이다.
내 여자 친구는 화장품을 선물 받는 것을 가장 좋아한다.

2 목적어, 서술어 호응 오류

건강을 유지하기 위해서는 적당한 운동과 식습관을 개선해야 한다.

'적당한 운동' 과 '개선해야 한다' 는 호응이 어색하므로 다음과 같이 고친다.

건강을 유지하기 위해서는 적당한 운동을 하고 식습관을 개선해야 한다.

간결한 문체는 훌륭한 글쓰기의 첫걸음이다

*
말이나 글은 뜻을 전달하면 그만이다.

- 공자

문장의 제1요건은 명료함이다.

- 아리스토텔레스

간결한 문체는 훌륭한 글쓰기의 첫걸음이다.

- 쇼펜하우어

어떤 글이 잘 쓴 글일까? 기교가 화려한 글? 어려운 전문용어를 자유자재로 구사하는 글? 엄청난 어휘력이 돋보이는 글? 그렇게 생각했다면, 아래의 인용 글을 정독하고 그 생각을 바꾸길 바란다.

나는 탐욕스러운 독서 습관 덕분에 두 가지는 갖추었다고 생각했다. 첫째, 독서를 통해 얻은 엄청난 어휘력, 둘째, 글쓰기 책을 통해 두서없이 익힌 문장 기교. 안타깝게도 둘 다 전혀 쓸모가 없었다. 기교에 대해서는 모르는 게 없다는 태도와 막강한 어휘력, 그건 최대 장애물이었고, 가장 먼저 버려야 할 것들이었다. 나는 글을 잘 쓰는 방법을 알고 있다는 생각을 어렵게 버렸다. 부적절한 어휘로 가득 찬 헛간을 과시하고 싶은 유혹도 포기했다. 그 후 비로소 글쓰기가 나아지기 시작했고, 글이 생동감을 띠기 시작했다.

- 로버타 진 브라이언트, 《누구나 글을 잘 쓸 수 있다》 37쪽

간결하고 짧은 문장이 최고의 문장이다.

책의 본질은 메시지의 전달이고 정보의 전달이다. 중요한 것은 화려한 문장을 구사하는 것이 아니라 이해하기 쉽고 명확한 문장을 구사하는 것이다. 독자가 원하는 것은 자신이 필요한 정보를 쉽게 얻는 것이지, 화려한 문장을 감상하는 데 있지 않다. 간혹 책을 읽다 보면 전혀 이해가 안 가는 것은 아니지만 3번 이상 반복해서 읽어봐야 무슨 소리인지 알 수 있는 문장이 있다.

다시 말해, 작가의 배려심이 부족한 문장이다. 문장의 가독성이 떨어지면 독서의 피로도가 증가하고 몰입의 정도가 약해질 수밖에 없다. 이런 상태에서 화려한 문장을 구사한다고 한들 무

슨 의미가 있겠는가? 원고를 퇴고할 때, 표현을 손보라는 말은 화려하고 멋들어진 문장으로 고치라는 것보다는 길고 난해한 표현을 쉽고 간결하게 고치라는 뜻에 가깝다.

　더구나, 현대의 독자들은 과거보다 바쁘고 인내력이 부족하다. 스마트폰의 영향으로 그 작은 화면에 담길 만한 짧고 간략한 텍스트를 읽는 일에 너무 익숙해져 있다. 앞으로 이런 현상은 더 심화될 것이다. 그래서 자기 뜻을 최대한 짧고 간결한 문장에 담아낼 수 있는 역량이 현대의 작가들에게 요구된다. 내용이 아무리 좋아도, 길고 산만한 글을 처음부터 끝까지 읽고 이해해줄 만큼 독자들은 인내심이 강하지 않다.

　간결하고 명확한 문장이 최고의 문장이다. 차라리 길고 어려운 글은 쓰는 게 더 쉽다. 예를 들어, 어려운 과학 원리를 설명하는 글을 쓴다고 할 때, 전문용어를 사용해가면서 현학적으로 글을 쓰는 것은 작가의 수고가 덜하다. 하지만 그 난해한 원리를 중학교 1학년도 이해할 수 있는 수준으로 쓰려면 문장이 짧고 표현이 명확해야 할 뿐만 아니라, 전문용어를 일상적인 표현으로 풀어 서술해야 한다. 실로 독자들을 위해 작가의 엄청난 고민과 배려가 들어가지 않으면 안 되는 것이다. 누가 봐도, '이 정도 글은 나도 쓸 수 있겠다' 싶은 만만한 생각이 드는 글이 사실은 아주 잘 쓴 글에 해당한다.

간결 명확한 글쓰기를 위한 원칙

나는 독자에게 자기가 쓴 글의 뜻을 이해하도록 노력해달라고 요구하는 작가를 도저히 이해하지 못한다. 참지 못할 분노를 느낀다.

- 서머싯 몸, 《서밍업》

간결하고 명확한 문장을 쓰는 데는 몇 가지 원칙이 있다.

첫째, 가급적 어려운 단어를 피하고 쉬운 단어를 사용한다.
독자들이 용어에 대한 기본 지식을 갖추었을 것이라고 전제하지 말아야 한다. 불가피하게 어려운 단어를 써야 한다면, 주석을 달거나 괄호 안에 짧은 해설을 함께 넣는 것이 좋다.

둘째, 문장 길이를 짧게 한다.
한 문장의 길이는 한글 파일에서 글자 크기 10포인트 기준으로 1~2줄이 좋으며, 길어도 3줄을 넘기지 않는 것이 좋다. 문장이 너무 길어지면 글의 가독성이 떨어지고 독서의 피로도가 증가하여 마이너스 요인이 된다.

셋째, 지식의 저주를 경계한다.

어려운 개념은 그만큼 배려심 깊게 풀어서 써야 한다. 작가는 글을 쓰는 동안 '지식의 저주'에 빠져선 안 된다. 지식의 저주란 자기가 알고 있는 지식을 다른 사람도 당연히 알 것이라는 착각에 빠져 다른 사람의 반응을 예상하는 인식 왜곡을 말한다. 당신의 책을 볼 독자는 해당 분야의 전문가가 아니라 대부분 초보나 중급자라는 사실을 명심해야 한다.

고수는 베스트셀러나 기본서 같은 대중서를 보지 않는다. 고수가 보기에 베스트셀러에는 너무 쉽고, 자신들이 이미 다 아는 지식만 담겨 있기 때문이다. 이들은 베스트셀러 매대가 아니라 서점 귀퉁이에 조용히 잠들어 있는 양서를 선택한다. 하지만 비율로 따지면 초보 독차층이 고수 독자층보다 훨씬 두터우므로 이들의 눈높이에서 글을 써야 당신의 책이 보다 많은 사람들에게 읽힐 수 있음을 명심해야 한다.

넷째, 도표, 이미지 등 시각자료를 활용해 독자들의 이해를 돕고 흥미를 유발해야 한다.

간혹, 작가가 전달하려는 바를 글로만 표현하다 보면, 그 내용이 복잡하여 전달력이 매우 떨어지는 경우가 생긴다. 언어는 전달력에 한계가 있다. 이때 시각자료를 적절히 활용하면 독자들은 지식을 이미지화하여 직관적으로 받아들일 수 있게 된다. 이미지는 글과 달리 직관적이며, 독서의 피로도를 낮추는 데도 도움이 된다.

다섯째, 사족을 삭제한다.

문장 하나하나는 간결 명확하지만, 전체적인 관점에서 봤을 때는 깔끔하지 못한 경우가 있다. 중간중간 불필요한 사족이 끼어 글의 흐름을 방해하기 때문이다. 사족은 독자가 이해하는 데 장애가 될 뿐이다. 중간 중간 삼천포로 빠지는 내용을 과감히 쳐내도록 한다.

표절과 인용에 대하여

*
표절(Plagiarism)이란 다른 사람이 창작한 저작물의 일부 또는 전부를 도용하여
사용하여 자신의 창작물인 것처럼 발표하는 것을 말한다.

- 네이버 백과사전

인용(Quotation)이란 다른 사람의 말이나 글을 사용하는 것을 말한다.

- 네이버 백과사전

많은 사람이 인용에 대해 좋지 않은 생각을 가지고 있다. 작가라면, 예술가라면 온전히 자신만의 생각으로 작품을 구성해야지, 다른 사람의 것을 가져와서야 되겠느냐는 것이다. 하지만 이는 인용의 가치에 대해 잘 모르는 사람들이 하는 말이다. 시나 소설 같은 순수 문학이 아닌 이상, 책의 첫 장부터 마지막 장까지 모두 자기 생각만으로 책을 쓰는 작가는 없다. 인용문을 보고 작가의 독창성을 질책하는 사람들은 아마, 인용 없이 자기 생각만으로 쓰인 책을 보고선, 작가가 자기 주장

만 내세울 뿐 주장에 근거가 빈약하다고 떠들어 댈 것이 자명하다. 적절한 인용은 작가의 주장에 힘을 실어줄 훌륭한 근거가 된다. 그러니 이 글을 보고 있는 예비 저자들도 인용에 대한 부정적 시각을 교정할 필요가 있다.

문제는 인용이 아니라 표절이다. 이 점만 명심하면 된다.

학문과 예술을 하는 사람들에게 표절은 매우 심각한 문제다. 논문을 표절하면 학위 논문이 취소되고 교수는 대학에서 쫓겨나게 된다. 작가들은 이력에 심각한 불명예가 돼서 앞으로의 집필 활동에 큰 지장이 생기게 된다. 이는 음악이나 미술 분야에서도 마찬가지다. 예술의 수단이 글이든 악기든 물감이든, 고유의 사상과 표현으로 독창성과 공신력을 인정받는 모든 사람은 항상 표절을 경계해야 한다.

표절과 인용의 차이는 무엇일까?
남의 것을 따와서 출처를 밝히면 인용이고, 출처를 누락하면 표절이다. 인용과 표절의 가장 중요한 차이점은 다른 사람의 저작물을 이용하면서 이를 명시하였는가, 명시하지 않았는가에 있다. 출처만 잘 표시하면 표절 문제가 생기지 않는다. 다만, 인용할 때도 주의할 사항들이 있는데 다음과 같다.

첫째, 인용을 할 때는 출처 표시를 정확하게 해야 한다. 문구뿐만 아니라 사진이나 그림도 저작권이 있으니 반드시 출처를 정확히 표기해야 한다. 인용과 표절의 차이는 다른 사람의 저작물을 이용하면서 이를 명시하였는가 여부에 있다.

둘째, 작가의 주장을 뒷받침하기 위해 인용을 하는 경우에도 너무 많은 인용은 삼간다. 전체 책 분량에서 인용이 20%를 넘지 않도록 하는 게 좋다. 예를 들어 책 분량의 50%가 인용문으로 채워져 있다면, 아무리 출처 표시를 했다 하더라도 독창성에 논란이 있게 된다.

셋째, 인용하려는 것이 객관적 사실인지, 차후 논란의 여지가 있는 정보인지 팩트를 체크하고 인용을 해야 한다.

넷째, 너무 흔하게 인용되어 뻔한 내용, 누구나 알 수 있는 유명 인사의 명언은 쓰지 않는 것이 좋다. 그런 인용이 책에 많이 등장할수록 책의 전반적 느낌이 진부해진다. 그래서 이 책에는 헤밍웨이의 명언 '모든 초고는 걸레다'를 인용하지 않았다. 그가 《무기여 잘 있거라》의 마지막 부분을 39번이나 고쳐 썼다는 사례 역시 활용하지 않았다. 글쓰기와 관련된 책들에서 지나치게 많이 인용 또는 언급되어 식상해졌기 때문이다.

다섯째, 인용은 원저자의 의도를 살려야 하며, 자신의 주장을 강화하기 위해 내용의 흐름상 적절한 부분에만 활용해야 한다. 인용 부분을 글의 내용에 맞추기 위해 원저자의 의도를 고의로 비틀어 왜곡하면 안 된다. 내용의 흐름상 연관성이 없는 곳에 인용구를 가져다 붙여서도 안 된다.

여섯째, 공신력 있는 저자의 문헌을 인용한다. 전문적 권위가 있는 저자들의 글이나 유명 인사의 어록을 인용하는 것은 작가의 글을 매력적으로 뒷받침하고 권위를 상승시켜주는 효과가 있다. 물론, 위에 언급했듯 너무 뻔하고 식상한 어록은 인용하지 않는 것이 좋다.

이 책을 읽는 예비 작가들은 자신의 원고가 책으로 만들어져 세상에 나왔을 때 논란의 여지가 될 부분은 없는지 매의 눈으로 살펴봐야 한다. 나중에 저작권 문제에 휘말리면, 시중에 나온 책을 모두 회수해야 할 수 있으니 표절에 대해서는 항상 경계해야 한다.

책 쓰기의 기본은 자료 수집이다. 객관적이고 전문적인 자료를 수집해 그것들을 바탕으로 자신만의 논리를 만들고 펼쳐나가는 것이 책 쓰기의 기본이다. 그리고 대개 수집한 자료를 활용하는 과정에서 표절 문제가 발생한다.

출처를 표시하지 않았을 때, 표절을 판단하는 기준은 문장의 표현에 있다. 표현한 문장이 기존의 자료에 있는 문장과 얼마나 유사한지로 표절 여부를 판단하는 것이다. 문장의 표현이 유사하다는 일반적 기준은 한 문장에서 6개의 단어가 연속적으로 일치할 때를 말한다. 어떤 자료에서 아이디어를 빌려와 자신만의 고유한 문장으로 재탄생시킨 것은 새로운 창작물로 인정된다.

출처를 표시하지 않고 다른 사람의 아이디어를 빌려오려면, 그것을 완벽하게 자신만의 고유 표현으로 바꿔야 한다. 같은 것을 다르게 표현하는 능력이야말로 작가에게 꼭 필요한 능력이다. 이를 패러프레이징 능력이라고 한다. 이는 평소에도 훈련이 필요하다. 어떤 문장에서 그 의도를 파악하고 사신만의 전혀 다른 문장으로 바꿔 표현하는 연습을 해야 한다. 비유와 상징을 도입하거나 문장을 더 추가해서 내용을 풍성하게 만들 수도 있고, 불필요한 문장을 쳐내 짧은 촌철살인의 글을 만들 수도 있을 것이다.

물론, 콘텐츠 주제에 따라 문장 유사도가 높게 나타나는 경우도 있다. 어떤 책들은 마치 한 사람이 집필한 것마냥 서로 유사한 표현이 발견되는 경우가 종종 있는데, 정형화된 지식과 정보를 전달하는 책들이 대체로 그렇다.

예를 들어, 공인중개사 수험서의 경우 시중에 나와 있는 책들을 비교해보면, 콘텐츠의 구성과 전달 방식에 차이가 있을 뿐 세부 내용은 판박이인 경우가 많음을 알 수 있다. 개별 구체적인 전문용어나 개념은, 정의가 상당히 정형화되어 있기 때문에, 의도하든 그렇지 않든 문장 구조나 표현이 유사한 경우가 많다. 원저자가 있다면 표절 문제가 발생할 수 있지만, 애초에 사회적으로 통용되는 개념을 책에 그대로 정리한 것이기 때문에 시비에 휘말리는 경우는 거의 없다(주로 타인의 저작물이나 저작권이 없는 저작물을 이용하여 새로운 책을 만드는 경우, 흔히 편저라고 이름을 붙인다). 그래도 웬만하면 자신이 참고한 자료의 출처를 밝혀주는 것이 정신 건강에 좋다. 정형화된 지식, 단편적인 지식을 다루는 수험서, 개념서의 경우 지식 습득에 효과적인 콘텐츠의 구성과 전달 방식을 취하는 것이 관건이다. 그리고 저자의 사회적 인지도에 따라 경쟁력에 차이가 생기게 마련이다.

직접 인용과 간접 인용

직접 인용

직접 인용은 타인이 작성한 원문을 그대로 집필자의 글에 삽입하는 방법이다. 직접 인용이 불가피한 경우는 다음과 같다.

- 문학 작품, 사료, 역사서나 철학의 기본서를 인용하는 경우
- 법 조문이나 법규 또는 포고문을 밝히는 경우
- 수학이나 과학 등의 공식을 이용하는 경우
- 원문의 표현 이외의 표현 방법을 찾을 수 없는 경우
- 원문의 표현이 미묘하여 직접 인용하지 않고는 내용 전달에 오류가 생길 수 있는 경우
- 직접 인용으로 연구자의 견해가 강력하게 돋보일 경우

간접 인용

간접 인용은 원문을 그대로 인용하지 않고 원문의 내용을 작가가 자신의 말로 바꾸어서 자기의 글 속에 삽입하는 것을 말한다. 간접 인용의 경우는 원저자의 내용을 잘못 이해하거나 전달하는 일이 없도록 특별히 주의를 기울여야 한다.

책의 **시작과 끝** : **프롤로그**와 **에필로그 작성**하기

프롤로그는 책을 본격적으로 시작하기에 앞서 작가가 독자들에게 던지는 메시지로, '서문', '들어가는 말', '머리말' 등의 이름으로 책 본문의 맨 앞부분을 장식하게 된다.

독자 중에는 프롤로그를 유심히 읽어보는 경우가 많다. 작가인 필자도 다른 작가가 쓴 책을 읽을 때 프롤로그를 꼼꼼하게 읽는 편이다. 서문에는 작가가 어떤 사람인지, 왜 이 책을 썼는지, 이 책에서 어떤 내용을 다루었는지, 이 책을 어떻게 활용해야 하는지, 독자들에게 당부하고 싶은 말이 무엇인지 등이 담겨 있기 때문이다.

서문은 작가가 독자에게 보내는 초대장과 같다. 본문을 아무리 잘 써도 서문에서 독자를 끌어당기지 못하면, 책 자체에 대한 기대감이 떨어질 수 있다. 서문은 굉장히 상식적인 부분이기 때문에 내용상, 형식상 오류가 있어서는 안 된다. 여러 번 검토하면서 수정해야 하는 것은 기본이다. 잘 쓴 서문은 책의 목적과 핵심 메시지를 짧지만 호소력 있게 전달하고, 책의 전체 구성을 짜임새 있게 전달한다.

매력적인 서문을 쓰려면 어떻게 해야 할까?

작가는 자신이 이 책을 왜 썼는지, 무슨 말을 하려는 것인지, 이 책이 지향하는 바가 무엇인지에 대해 스스로 고민하면서 생각을 정리해보는 시간을 가져야 한다. 자기 책에 대한 확신이 부족하거나 생각이 정리되지 않은 작가들이 서문을 엉망으로 쓰는 경우가 많기 때문이다. 서문을 작성하면서 차례나 본문의 내용을 참고하면, 반드시 도움이 될 것이다. 차례를 보면 자기가 쓴 글의 전체적 구성을 한눈에 재확인할 수 있기 때문이다.

서문에는 당신이 독자들에게 전하고 싶은 말, 책의 핵심 내용과 특징, 이 책을 쓰게 된 동기나 특별한 에피소드, 이 책을 쓰기에 자신이 적합한 이유(관련 경력과 전문성이 있다면 어필한다), 이 책의 전반적 구성과 내용이 임팩트 있게 들어가 있어야 한다. 물론, 처음부터 완벽한 서문을 쓸 수는 없다. 본문과 마찬가지로,

서문 역시 초고를 쓴 이후 여러 번 다듬어서 완성도를 높여나가야 한다. 서문은 본문과 유기적인 관계를 맺고 있어야 하므로, 최소한 본문의 초고를 다 쓰고 난 뒤에 작성할 것을 권장한다. 필자 역시 본문의 완성도가 높아져서 더 이상 수정의 여지가 없을 때 서문을 작성하기 시작한다. 간혹 서문을 먼저 쓰라고 권유하는 작가들도 있지만, 필자는 이 생각에 반대한다. 서문을 먼저 작성한 후 본문을 작성하면, 필연적으로 서문과 본문의 내용에 괴리가 생기기 때문이다.

실제로 본문을 쓰다 보면 처음 구상했던 계획과 달리 구성과 순서에 변화가 생기는 경우가 많다. 서문에서 전달하는 말과 본문에서 다루는 내용에 차이가 난다면 독자에게 혼란만 줄 뿐이다. 더 이상 서문으로서 의미가 없게 되는 것이다. 그렇다고 본문을 수정할 때마다 서문을 계속 신경 쓰는 것은 작업상 비효율을 초래하므로, 본문을 먼저 끝낸 상태에서 큰 변동의 여지가 없을 때 서문을 작성하는 것이 좋다.

에필로그 역시 본문을 다 쓴 이후에 쓰는 것이 좋다. 말 그대로 본문을 다 읽은 독자들에게 던지고 싶은 추가 포인트가 있을 때 쓰는 것이 에필로그이기 때문이다. 에필로그는 프롤로그(서문)처럼 책에서 포인트를 주는 부분이긴 하지만, 필수 요소는 아니다. 실제로 프롤로그(서문) 없는 책은 거의 없어도, 에필로그가 없는 책은 아주 많다. 에필로그는 필수로 써야 하는 것은 아니지만, 본문을 끝내고 독자들에게 강조하고 싶은 별도의 메시지가 있을 때 쓰는 경우가 많다. 이미 본문에서 한 이야기를 재탕하여 반복하거나 책의 내용과 별로 관련 없는 이야기를 늘어놓는 것은 자제하는 게 좋다. 책을 마무리할 때 독자들에게 던져줄 추가적 포인트가 딱히 없다면, 차라리 에필로그 없이 깔끔하게 끝내는 편이 나을 것이다.

초고 완성 후 퇴고 작업 들어가기

초고를 완성한 시점에서, 작가는 자기가 쓴 글에 너무나 익숙해진 상태가 된다. 원고를 이미 수차례 읽어가며 손보았기 때문에, 첫 문장만 보아도 다음 내용이 머릿속에 자동으로 떠오를 것이다. 작가가 주의해야 할 부분이 바로 이 지점이다. 자기 글에 너무 익숙해지면 자기 글을 제3자의 객관적 시선에서 검토하기가 어렵게 된다. 문장을 구성하는 단어 하나하나에 대해 집중도가 떨어질 수밖에 없고 그 중엔 못 보고 지나친 오류가 분명 존재할 것이다.

따라서 초고를 완성했다면, 최소 1주일간 휴식을 취하거나 다른 작업에 집중하길 권한다. 지금까지 작업한 원고의 내용을 망각하는 과정이 필요하다. 그래야만 자기 글을 좀 더 객관적으로 검토할 수 있다. 필자는 개인적으로 이 과정을 '원고를 묵혀둔다'라고 표현한다.

1주일 정도 시간이 흐른 뒤 차분한 마음으로 초고를 읽어보면, 그때 보이지 않았던 오류들이 눈에 선명하게 보이기 시작할 것이다. 오탈자, 비문 같은 단순 오류부터 글의 구성과 논리의 전개 과정 등 좀 더 거시적인 차원의 오류도 눈에 보이게 된다(삭제해야 할 사족도 보이고, 논리적 근거가 빈약해서 보충해야 할 부분도 보인다). 이렇게 각이 살아 있는 상태에서 퇴고 작업에 들어가야 한다.

퇴고 작업은 한 번에 완벽하게 끝낸다는 개념이 아니라 속도감 있게 여러 번 진행해서 완성도를 높인다는 개념으로 해야 한다.

퇴고 작업의 진행

1차 퇴고 : 글의 구조에 집중(차례, 대제목, 소제목, 글의 논리성, 통일성, 완결성)

2차 퇴고 : 문장의 표현을 개선하는 것에 집중(좀 더 간결 명확하고 가독성 높은 표현으로 바꾸기)

3차 퇴고 : 오탈자, 맞춤법, 정보의 사실 관계를 비롯한 원고의 개별 구체적이고 세부적인 사항을 점검

퇴고를 진행할 때는 책의 무서움을 다시 한 번 상기하도록 한다. 책은 세상에 지워지지 않는 흔적을 남기는 것과 같다. 말은

시간이 지나면서 점차 내용이 희미해지고 결국, 잊혀지게 된다. 또 내용이 처음에 내뱉은 것과는 전혀 다르게 왜곡되기도 한다. 그러나 글은 다르다. 보다 물리적이고 공신력 있는 형태로 세상에 모습을 드러내기 때문에, 해당 책이 전부 소멸되어 사라지지 않는 한, 그 내용은 그대로 보존된다.

책에 인쇄된 내용은 절대로 휘발되거나 변형되는 법이 없다. 아무리 2쇄, 3쇄, 10쇄를 내어도 한번 종이에 찍혀 세상에 나온 책은 절대 소실되지 않고 세상을 돌아다닌다. 이 점에서 책은 정말 무서운 것이다. 출간되는 순간, 이 세상에 절대로 지워질 수 없는 흔적을 남기기 때문에 책 속에는 당신이 책임질 수 없는 내용, 사실 관계가 잘못된 내용, 다른 사람을 깎아내리는 내용 등 당신을 곤경에 빠뜨릴 만한 내용을 넣지 않도록 주의해야 한다. 책이 출간되는 순간 당신은 책에 기록된 내용에 구속을 받게 된다.

퇴고 작업 시 반드시 검토할 사항들

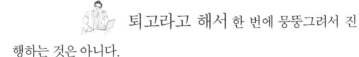 퇴고라고 해서 한 번에 뭉뚱그려서 진행하는 것은 아니다.

원고의 완성도가 일정 수준에 도달할 때까지 계속 반복하는 것이라고 보면 된다. 처음에는 거시적이고 구조적인 면에 대한 검토가 필요하며, 2차, 3차 퇴고로 갈수록 개별 구체적이고 세세한 부분에 좀 더 집중해서 검토하는 것이다.

*물론 퇴고 과정이 각 단계별로 엄격하게 구분되어 진행되는 것은 아니다. 각 단계를 누군가가 임으로 정할 수 있는 것도 아니다. 실제로는 상당히 유기적으로 진행되지만, 퇴고의 초기 과정에서 마무리 단계로 접어들수록 각 단계마다 상대적으로 중점을 두어야 할 부분이 있음을 밝혀두는 것이다.

1차 퇴고

• 완성도가 부족한 부분 보충하기

설득력 있는 글이란 논리성, 통일성, 완결성이 있는 글을 말한다. 주장에 대한 근거가 명확해야 하며, 중언부언하지 않고 하나의 주제로 일관성 있게 내용을 전개해나가야 한다. 그리고 글을 쓰다 만 것 같은 느낌을 주지 말아야 한다. 초고를 작성하는 과정에서도, 원고 퇴고 과정에서 계속 살펴야 할 부분이다. 원고를 검토하다 보면 상대적으로 논리가 빈약한 부분이 발견되게 마련이다. 주장과 전혀 관련이 없는 엉뚱한 사례를 끌어와 근거로 제시해놓은 부분도 분명 있을 것이다. 결론이 다소 빈약한 부분도 있을 것이다.

• 사족 제거하기

문장이 간결 명확하다고 해서 모든 문제가 해결되는 것은 아니다. 불필요한 내용까지 쳐내야 한다. 문장을 하나씩 읽어보았을 때는 가독성이 높고 뜻이 명확하게 전달되는 글도, 종합적인 관점에서는 다소 산만한 경우가 있다. 전달하려는 주제에서 벗어나는 사족이 끼어 있기 때문이다. 주제에서 벗어나 자연스런 흐름을 방해하는 부분을 잡아내 과감히 쳐내야 한다.

• 각 문단의 전개를 매끄럽게 다듬기

각 문장을 따로따로 보면 분명 간결하고 명확한 글이지만, 종합적으로 보면 전개가 어색해서 산만한 인상을 풍기는 글이 있다. 이는 중간에 사족이 끼어 있거나 각 문단이 적절한 위치에 들어가 있지 않기 때문에 생기는 현상이다. 문단을 추가하거나 빼고 순서를 바꿔가면서 각 문단의 전개가 최대한 자연스러워질 때까지 다듬어야 한다. 이때 '그러나' , '하지만' , '그래서' 등의 접속사를 남발하지 않는 것이 좋다. 접속사를 너무 많이 쓰면 독서의 흐름이 깨지기 때문이다.

2차 퇴고

• 좀 더 간결 명확한 문장으로 바꾸기

책에서 전달하는 콘텐츠가 아무리 유용한 것일지라도, 내용을 전달하는 문장의 표현이 적절치 못하면, 독자의 만족도가 떨어지게 된다. 표현이 현학적인 문장, 애매한 문장, 불필요하게 길고 복잡한 문장, 불필요하게 어려운 단어가 쓰인 문장을 모두 잡아내고 간결 명확한 표현으로 바꿔야 한다.

• 비슷한 내용의 중복 줄이기

정말 중요한 내용이 아니라면, 같은 내용을 책의 여러 군데에서 언급할 필요가 없다. 앞에서 본 내용이 뒤에서도 불필요하게 반복된다면, 책에 대한 인상 자체가 부실하게 되므로, 반복 사용된 비슷한 내용의 문장을 다른 표현으로 고치거나 최대한 줄여야 한다.

• 부적절한 표현(타인에 대한 비방, 힐난, 기타 책임질 수 없는 말) 제거하기

책은 파급력이 크기 때문에, 책에 타인에 대한 비방이나 힐난의 내용을 담으면, 명예훼손이 될 수 있으므로 조심해야 한다. 특히, 저자가 책임질 수 없는 말을 함부로 뱉지 말아야 한다. 책이 출간되는 순간 구속력이 생기고, 작가는 자신이 책에서 언급한 말에 관해 책임을 져야 한다. 자기 이력이나 스펙을 과장해서 부풀리거나, 지킬 수 없는 약속을 함부로 언급해선 안 된다.

3차 퇴고

• 팩트 체크하기

책에서 다루고 있는 지식과 정보 중에 사실과 다른 부분이 있는지 점검해야 한다. 책은 한 번 인쇄되어 세상에 나오면, 전부 회수해서 폐기하지 않는 이상 되돌릴 수 없게 되므로 신중해야 한다. 책에 언급된 잘못된 정보가 독자들에게 발견되고 사회적으로 문제시된다면 작가로서는 체면과 전문성에 큰 타격을 입게 될 것이다. 요즘은 검색의 시대다. 조금만 검색해보면 진위 여부를 쉽게 알아낼 수 있다. 원고에 실린 내용을 인터넷으로 검색해봐서 사실 여부를 꼭 따져보길 바란다. 공식적인 도서나 논문에서 수집한 자료를 바탕으로 원고를 집필했다고 해도 간혹 잘못된 정보가 발견되기도 하므로, 다시 검토해보는 것이 좋다. 특히 논란의 여지가 있는 지식과 정보는 되도록 책에서 언급을 피하는 것이 좋다.

• 인용문의 출처 확인하기

인용의 출처를 밝히면 문제가 되지 않지만, 출처를 밝히지 않으면 그대로 표절이 된다. 그래서 자신이 따온 부분이 전부 인용으로 구분되어 있고, 출처가 정확하게 기재되어 있는지를 재차 확인해야 한다. 글뿐만 아니라 그림도 저작권 문제가 발생할 수 있다. 나중에 저작권이 문제가 되어 분쟁이 생기면 모든 책을 회수해야 하는 사태에 직면할 수도 있으므로 인용과 표절에 대해서는 경각심을 가지고 검토해야 한다. 또한, 인용이 너무 많지 않도록 한다. 적절한 인용은 작가의 주장을 뒷받침해주는 순기능을 하지만 과하면 작가의 독창성이 떨어져 보일 수 있다.

• 오탈자, 비문 바로잡기

필자는 맞춤법의 중요성을 크게 중시하는 편이 아니다. 문장의 본질은 그 뜻을 상대방에게 전달하는 것에 있기 때문이다. 하지만 모든 일에는 상식이라는 것이 있다. 최대한 맞춤법을 지키려고 노력한 상태에서 어쩔 수 없이 놓친 사소한 오류는 그렇다 치지만, 눈에 띄는 오류가 책 전체에서 너무 반복적으로 등장한다면 문제가 될 수 있다. 오탈자나 비문이 자꾸 등장하면 독서의 흐름이 끊기는 경우가 많다.

또한, 작가의 역량이 부족하다고 여겨지기 때문에, 작가가 책에서 펼치는 주장들에 대한 신뢰성 역시 함께 떨어지는 문제가 발생한다. 온라인상 무료로 이용할 수 있는 맞춤법 검사기가 많으므로 최소한 여기에서 걸리는 게 없도록 해야 한다. 특히, 주어와 서술어의 호응, 목적어와 서술어의 호응은 맞춤법 검사기로 잘 잡히지 않으므로, 신경 써서 검토해야 한다.

위에 언급한 것들은 퇴고 과정에서 살펴봐야 할 정말 최소한의 요소들이다.

　최소한 여기엔 걸리는 일이 없도록 해야 원고가 책으로 출간되었을 때 낭패를 보는 일이 없을 것이다. 다시 생각하고 또 고치고를 계속해야 한다. 물론 이 과정은 매우 힘들겠지만 거의 손볼 부분이 없을 때까지 퇴고 작업을 계속해야 한다.

　끝으로, 당신이 작가의 길을 가고자 한다면, 퇴고 과정을 정신적 노동으로 여기지 말아야 한다. 글쓰기 실력은 원고를 집필해 나가는 중에도 향상되지만, 퇴고 과정에서 더욱 비약적으로 상승하기 때문이다. 원고를 퇴고하는 과정에서 자연스럽게 어휘와 맞춤법을 익히게 되고, 글의 논리성, 통일성, 완결성에 대한 감각이 생기게 된다. 부자연스러운 문장을 감지해내는 눈이 생긴다. 자기 초고를 고쳐 쓰는 작업을 여러 번 반복하다 보면 다른 사람의 글까지 첨삭할 수 있는 실력이 생기게 된다. 퇴고 과정이 다소 고되고 지루하더라도, 잘 인내하길 바란다.

최종 원고 **제출**하기

작가는 초고를 완성하고, 퇴고를 거듭하며 투고용 원고를 만든다. 그러고 나서 원고를 투고하여 출판사와 계약을 맺으면, 출판사는 작가에게 일정한 시간을 주고 완전 원고를 제출할 것을 요구한다. 작가는 서로 합의한 기간 내에 출판사에 완전 원고를 제출해야 한다. 완전 원고란 내용상, 형식상 오류가 거의 없어 편집자의 손만 거쳐 그대로 책으로 출판되어도 무리가 없을 정도의 원고를 말한다. 사실상 바로 편집에 들어갈 수 있는 최종 상태의 원고다.

손볼 곳을 제대로 손보지 않고 최종 원고를 제출하게 되면, 원고는 이미 작가의 손을 떠나 있는 상태이기 때문에 수정에 훨씬 많은 제약이 생길 수 있다(특히 편집이 거의 끝나가는 상황에서 내용상 손볼 부분이 많아지게 되면). 물론, 출판사에서도 1차 교정, 2차 교정 순으로 원고를 손보면서 작가에게 교정 원고(확인용 원고)를 보내주겠지만, 그때 가서 내용을 손보고 오류를 수정하려면 그만큼 작업이 번잡해지고 시일이 걸리게 됨을 각오해야 한다. 무엇보다도 출판사가 확인용으로 보내주는 교정 파일은 작가가 임의로 수정할 수 없게 되어 있다. 일반적으로 "8페이지 셋째 줄 '고통사고'를 '교통사고'로 수정해주세요" 식으로 수정할 부분을 일일이 정리해 출판사에 이메일을 보내고, 출판사가 그걸 참고해 원고를 수정하는 식이다. 작가는 요청사항이 원고에 제대로 반영되었는지 다시 교정 파일을 받아 확인해야 한다. 이렇게 원고가 작가의 손을 떠나 편집 단계로 넘어가면, 원고를 다시 고치기 힘들고 번거로워진다. 더 큰 문제는 편집자가 작가의 요구대로 원고를 수정하는 과정에서 실수로 2차적인 오류를 발생시키기도 한다는 점이다.

원고 투고 후 출판사가 작가에게 완전 원고(바로 편집에 들어가도 될 수준의 원고)를 제출할 것을 기간을 두어 따로 요청할 수도 있지만, 되도록 출판사에 원고를 투고할 때부터 내용상 오류나 오타와 비문을 최소화하는 것이 현명하다. 출판사가 완성원고를 받은 후 본격적인 편집 과정에 들어가면 여러 차례 교정을 보게 되는데, 이때는 정말 사소한 것들만 고쳐야 한다.

6장

원고 투고하고
출판사와 계약하기

출간**기획서 작성**하기

원고가 훌륭하다고 자부하는데도 수많은 출판사로부터 거절 응답을 받았다면, '출간기획서' 파일을 빠트렸거나, 출간기획서를 형편없게 작성하여 투고한 것은 아닌지 돌아봐야 한다.

작가와 출판사의 처지가 같을 수 없다는 점을 인지해야 한다. 모든 작가는 자신의 책이 베스트셀러가 되길 소망한다. 하지만 자신의 책이 생각보다 팔리지 않는다고 해도 별로 부담이 되지는 않는다. 왜냐하면, 책의 제작과 유통에 자신이 투자한 비용이 없기 때문이다. 책이 안 팔려도, 그냥 자기 이름으로 된 책이 나온 것만으로 만족할 수 있다. 어쨌든 책을 출간하여 작가가 되었다는 사실은 평생 동안 커리어로 남을 테니까.

하지만 출판사의 입장은 다르다. 책의 제작과 유통에 적지 않은 비용을 투자했으므로, 책은 반드시 잘 팔려야만 한다. 출판사는 책을 팔아야만 투입한 비용을 회수할 수 있다. 출판사는 자선단

체가 아니므로, 책을 최대한 많이 팔아서 수익을 내야 한다. 그래야만 출판사가 유지되고 대형 출판사로 성장할 수 있다. 따라서 출판사는 작가의 원고를 받으면, 이 책이 많이 팔릴 수 있는지를 고민하고, 이 책의 장점에 대해 작가의 생생한 목소리를 듣고 싶어한다. 이런 의미에서 출간기획서란 출판사를 설득하는 글이다. 나의 원고가 훌륭하고, 책으로 만들면 잘 팔릴 수밖에 없으니, 계약하지 않으면 후회할 것이라는 느낌을 전달해줘야 한다.

출간기획서란 회사에 제출하는 이력서와 같다. 당신의 스펙이 아무리 화려해도 이력서를 엉망으로 쓰면 취업이 요원해지듯, 원고가 훌륭해도 출간기획서를 엉망으로 쓰면, 작가가 되는 것도 요원해진다. 실제로 출판사들은 작가들이 투고한 원고를 다 읽어보진 않는다. 출간기획서와 차례를 먼저 읽어보고, 여기에서 확실한 매력을 느껴야만 본문을 대강 훑어보기 시작한다. 출간기획서에서 편집자의 눈길을 사로잡지 못하면, 해당 원고는 바로 이메일 휴지통 속으로 직행한다고 보면 된다.

출간기획서는 원고의 강점을 한눈에 파악할 수 있도록 써야 하기 때문에, 생각보다 쉽지 않다. 본문을 쓰는 것 못지않게 많은 공을 들어야 한다. 초고를 쓰고 여러 번 검토하면서 고쳐 써야 한다. 편집자의 눈길을 사로잡을 수 있는 매력적인 출간기획서를 쓰려면, 다음의 원칙을 잘 지켜야 한다.

첫째, 각 꼭지의 초두부터 임팩트를 강하게 쓴다. 작가가 자신의 원고에 대해 확고한 자신감을 가지고 경쟁력과 강점에 대해 설명해야 한다. 물론, 납득할 수 있는 근거를 제시해야 한다. 또한, 작가가 갖는 힘과 배경을 언급하고, 편집자가 거절할 수 없는 제안을 먼저 제시하는 배짱도 필요하다.

둘째, 중언부언하지 않는다. 편집자가 원하는 정보 위주로 핵심만 살려 간결 명료하게 작성한다.

셋째, 지나치게 과장하지 않는다. 모든 정보는 팩트에 기반해서 포장해야 한다. 예비 저자들 가운데, 출판사와 빨리 계약을 맺고 싶은 욕심에, 실제보다 스펙이나 이력을 부풀려서 쓰거나 책임지지 못할 제안을 제시하는 경우가 많은데, 근거 없이 부풀리면 명백히 사기다. 또한, 매일 출간기획서를 읽어보는 편집자들은 모두 고수들이기 때문에 척 보면, 어디까지가 진실이고 과장인지 다 안다.

출간기획서의 구성

출간기획서에도 정형화된 구성이 있다. 다음의 사항을 참고하면서 작성하길 바란다.

· 저자 소개

연락 정보를 포함해서 저자의 이력을 밝힌다. 정보 나열식으로 쓰지 말고, 작가의 철학과 신념, 개성이 담기도록 써야 한다. 저자가 사회적 영향력을 보유하고 있다면, 이를 적극적으로 어필한다.

· 제목(가제)과 부제

책의 제목은 편집 과정에서 출판사의 판단에 따라 정해지는 경우가 많지만, 임시로 원고의 주제와 컨셉, 성격을 담아낼 수 있는 제목을 지어야 한다. 이것을 가제라고 한다. 말 그대로 임시로 세운 제목이기 때문에, 너무 부담을 가질 필요는 없지만, 그렇다고 아무렇게나 정하면 안 된다. 가제목은 원고의 핵심 내용과 콘셉트를 반영하면서도 독자의 눈길을 끌 수 있어야 한다. 왜 이 가제로 지었는지 부연 설명을 함께 해주면 좋다.

가제목을 정할 때 다음 사항을 고려하면 도움이 될 것이다.

첫째, 원고의 핵심 내용을 점검한다.

- 원고 내에 자주 반복되는 단어가 있는가?
- 원고에서 자주 강조되는 내용은 무엇인가?
- 주요 독자층은 어떤 사람들인가?

둘째, 위의 사항을 고려하면서 떠오르는 가제목을 모조리 적는다.

- 더 이상 떠오르지 않을 때까지 가제목을 추가하여 리스트를 만든다.
- 리스트에서 가장 마음에 드는 가제목을 추린다.
- 가제목을 추릴 때 주변 사람들의 의견을 반영하는 게 좋다.

셋째, 추려진 가제목을 놓고, 아래 사항을 점검해본다.

- 가제가 책의 핵심 내용을 담고 있는가?
- 가제가 독자의 호기심과 욕망을 자극하는가?
- 가제가 신선한가?(너무 일반적인 제목은 지양)
- 가제가 트렌드에 부합하는가?

책의 가제목은(부제목과 함께) 3개 정도 정해서 출간기획서에 넣는 것이 좋다.

부제목도 제목 못지않게 비중을 차지한다. 부제목은 제목을 보조하는 역할을 한다. 임팩트는 제목에 두되, 좀 더 구체적인 내용은 부제목에 두어 보완하는 것이 일반적이다.

위에 서술한 절차는 책의 최종 제목을 정할 때도 활용된다.

· **콘셉트**

이 책을 왜 썼는지에 대한 기획 의도를 말한다. 원고의 핵심 내용과 집필의 목적을 간결 명확하게 전달해야 한다.

- 원고의 핵심 내용은 무엇인가?(최대한 짧고 간결한 문단으로 책의 핵심을 설명할 수 있어야 한다).
- 충분한 시장 규모(독자층의 규모)를 가진 콘셉트인가?
- 원고 내용이 요즘 트렌드에 부합하는가?

· **타깃 독자**

이 책이 어느 독자층을 대상으로 한 것인지를 밝혀야 한다(이는 컨셉트와도 연결된다).
- 독자 : 이 책을 읽을 사람은 누구인가?
- 독자의 욕구 : 독자가 나의 책을 통해 충족할 수 있는 욕구는

무엇인가?

- 독자의 변화 : 독자는 나의 책을 읽고 어떤 변화를 기대할 수 있는가?

• 원고의 차별점

이 원고가 시중의 다른 책들과 비교했을 때 어떤 강점이 있는지 명확하게 어필해야 한다. 애매하고 추상적으로 쓰면 안 되고, 납득할 수 있는 근거를 제시해 설득력 있게 써야 한다.

• 마케팅 전략

이 책이 출간된 후, 저자로서 어떤 마케팅을 할 것인지 설명해야 한다. 만약 당신이 블로그를 운영 중이라면, 블로그가 홍보 수단이 될 것이고, 트위터나 페이스북 인플루언서라면 SNS를 홍보 수단으로 고려해 볼 수 있다. 또한, 저자 증정이벤트나 북 이벤트를 진행하는 등의 몇 가지 프로모션을 계획해볼 수도 있다. 단, 현실성이 떨어지는 홍보 계획이나, 자신이 책임질 수 없는 말은 언급하지 말아야 한다.

• 차례

원고를 투고할 때 원고, 출간기획서, 차례 3가지 파일을 함께 첨부하지만, 출간기획서에도 차례를 따로 넣어주는 것이 좋다. 출간기획서에 차례가 들어가야 할 이유는 무엇일까? 차례는 곧 '검증'을 의미한다. 책의 집필 의도나 콘셉트, 장점은 다소 추상적일 수밖에 없고 피부로 직접 와닿지 않는다. 말로는 누구나 좋은 말만 골라서 할 수 있다. 그래서 차례를 함께 넣어주어야 한다. 차례를 보면 이 책이 어떻게 전개되는지, 어떤 내용을 다루는지, 어떤 점이 특별한지를 구체적으로 파악할 수 있다.

* 원고를 투고할 때는 '원고, 출간기획서, 차례' 세 가지 파일을 첨부한다.

· **기타 사항**
기타 제안할 사항이 있으면 적극적으로 어필한다.

〈출간기획서의 구성〉

저자 소개	
제목(가제)과 부제	
콘셉트	
타깃 독자	
원고의 차별점	
마케팅 전략	
차례	
기타 사항	

원고 **투고** 시 **주의할** 점

출판사에 원고를 투고할 때 반드시 지켜야 할 기본에 대해 알아보자. 아래의 내용은 정말 '기본'에 해당한다. 지키면 좋은 것이 아니라, 지키지 않으면 반드시 낭패를 보게 될 사항들이다. 투고하기 전에 꼭 확인하길 바란다.

첫째, 원고를 투고할 때 한 번에 너무 많은 출판사에 메일을 보내지 않는 것이 좋다. 조금씩 여러 번 나눠서 보내는 것이다. 만약 당신이 보유한 출판사 리스트가 100개라면 20곳씩 5번(시간 간격을 두면서) 보내는 것이 좋다. 이렇게 하면 중간 중간 원고를 조금씩 수정 및 개선하면서 투고할 수 있기 때문에 계약의 성공률을 높일 수 있는 장점이 있다.

또한, 출판사가 원고를 검토하여 출간 여부를 결정하기까지 일반적으로 2주 이상 시간이 걸리기 때문에, 이를 고려해서라도 1~2주 정도 시간 간격을 두고 소분해서 투고를 진행하는 것이 여러모로 좋다. 급한 마음에 모든 출판사에 한 번에 원고를 투고해서(출간제안을 해오는 출판사와 바로 계약을 맺을 경우) 더 좋은 출판사와 계약할 기회를 날려버릴 수 있다. 참고로 대형 출판사의 경우 원고를 검토하고 출간 여부를 결정하기까지 1개월 이상의 시간이 소요될 수 있다.

둘째, 투고할 때는 반드시 파일 세 가지를 첨부해야 한다.

- 전체원고 파일

- 출간기획서 파일

- 차례 파일

원고 외에 출간기획서, 차례 파일을 함께 첨부하여, 출판사 입장에서 당신의 원고를 짧은 시간에 핵심을 파악할 수 있도록 배려해야 한다. 출간기획서에는 저자 소개, 연락 정보, 기획 의도, 콘셉트, 가제와 부제, 원고의 차별점, 타깃 독자, 마케팅 방안, 기타 사항(저자만이 가지고 있는 경쟁력, 출판사 의견에 따라 원고를 수정할 의향이 있는지 등)이 필수적으로 들어 있어야 한다.

당신의 원고는 무엇을 다루고 있는지, 어떤 독자를 타겟으로 하는지, 왜 이 원고가 책으로 나오면 잘 팔릴 수밖에 없는지를 명확하게 전달하기 위해 쓰는 글이 바로 출간기획서다. 출간기획서에서 출판사의 눈길을 끌어야만 출판사는 당신의 원고를 읽어볼 것이다. 그리고 차례가 매우 중요하다. 출판사는 차례를 통해 해당 원고가 어떠한 내용으로 채워져 있는지 한눈에 파악할 수 있다. 출판사는 최대한 시장 독자들의 눈으로 차례를 바라볼 것이다. '내가 독자라면 이 책의 차례를 보고 책을 구매할 것인가' 하는 관점에서 검토한다.

이렇게 출간기획서와 차례를 살펴보고 긍정적 인상이 남을 때, 출판사는 원고의 본문을 쭉 훑어본다. 출간기획서와 차례가 투고 이메일에 누락되어있거나 형편없으면, 원고는 거의 읽어보지도 않는다고 보면 된다. 그래서 예비 저자들은 원고 못지않게 출간기획서와 차례 작성에 많은 공을 들여야 한다.

셋째, 예의를 지켜야 한다.

출간기획서와 차례 없이 달랑 원고 하나만 보내는 것도 출판사 입장에서는 예의가 아니지만, 지켜야 할 예의는 하나가 더 있다. 바로 이메일을 보낼 때 개별체크를 하는 것이다. 당신은 원고를 투고하면서 출판사 여러 곳에 같은 이메일을 보낼 것이다.

이때 수신인에 개별 체크를 하지 않고 이메일을 보낼 경우, 수신자 내역에 당신의 이메일을 받아본 모든 출판사의 내역이 뜨게된다. 사용하는 이메일 프로그램에 따라 BCC기능을 이용해도좋다. 이렇게 되면 투고 이메일을 받은 출판사들은 기분이 썩 유쾌하진 않을 것이다.

출판사는 규모가 크든 작든, 나름대로 자부심이 있고 철학이있다. 당연히 자기 출판사의 명성과 역량을 작가들이 미리 알아보고 원고를 투고했다 생각할 것이다. 다른 출판사와 함께엮여 무더기로 원고를 받았다는 사실을 알게 된다면, 당신의원고를 읽고 싶은 기분이 전혀 나지 않을 것이다. 필자가 실수로 개별 체크를 하지 않고 원고를 투고한 적이 있는데, 성격이다소 예민한 출판사 대표는 필자에게 직접적으로 불쾌감을 표시하기도 했다. 다른 출판사들도 많으니 다른 곳에 원고를 문의해보라고 말이다.

출판 계약 제안이 오면 먼저 감사 표시를 하는 것이 예의다. '저의 원고를 높게 평가해주시고 이렇게 출판 계약을 제안해 주셔서 감사합니다' 라고 연락을 해야 한다.

그 후, 해당 출판사와 미팅을 하게 된다. 출판사와 한 번 안

면을 터두면 출판계에 대한 다양한 정보를 얻을 수 있음은 물론, 앞으로 원고청탁까지 받을 수도 있으니 미팅의 기회를 단순한 계약의 장으로만 생각할 것은 아니다. 인간적 신뢰도 쌓아두어야 한다.

원고가 우리 **출판사의 출간 방향과 맞지 않습니다**

원고를 투고한 후에는, 이제 그 반응을 기다리는 것이 일이다. 회신을 기다리는 과정에서 당신의 머릿속에는 정말 많은 생각이 교차할 것이다. '과연 어떤 출판사에서 나의 원고를 채택해줄까? 설마 나의 원고를 모두 거절하는 건 아니겠지? 여러 출판사에서 회신해올 경우 어떤 출판사와 계약을 해야 할까?'

이런 생각을 하면서 이메일함을 바라보다 보면 종종 '귀하의 원고는 저희 출판사와 출간방향이 맞지 않습니다' 식의 표현과 유사한 답장을 여러 개 받게 된다. 나의 원고가 출판사의 출간 방향과 맞지 않는다니?

이때 당신은 두 가지 경우를 생각해볼 수 있다.

첫째, 정말 당신의 원고가 해당 출판사의 출간 방향과 맞지 않

는 경우다.

예를 들어, 당신이 에세이를 썼는데, 이 원고를 과학기술 관련 서적을 전문으로 취급하는 출판사에 투고한다면 당연히 좋은 결과를 기대하기 어려울 것이다. 원고를 장르에 맞게 투고해야 한다. 소설, 에세이, 인문철학, 실용서, 자기계발서, 과학기술 등 출판사마다 주력 분야가 있다. 작가는 자기 원고와 성격이 맞는 출판사에 투고해야 한다.

출판사 성향은 어떻게 파악할 수 있을까? 인터넷 서점에서 출판사 이름으로 검색하면 해당 출판사에서 지금까지 낸 모든 책이 뜬다. 이것을 통해 유추하면 된다. 특정 분야의 책을 집중적으로 내는 출판사도 있고, 다양한 분야의 책을 고루 내는 출판사도 있다. 만약 당신 원고의 주제가 경영과 관련이 있다면, 경제·경영서를 전문으로 하여 큰 성과를 내는 출판사에 원고를 투고해야 계약 확률도 높아지고, 책 출간 이후 판매에도 유리할 것이다.

둘째, 위의 경우가 아닌 이상 이 표현은 사실상 '거절 의사'로 보면 된다. 당신의 원고가 수준 이하거나 잘 팔리지 않을 것 같다는 말을 차마 직접 할 수 없으므로, 당신의 기분이 상하지 않게 돌려 표현하는 셈이다. 이런 답장을 받게 되면, 그 속뜻이 무엇인지 바로 보이기 때문에 기분이 그다지 유쾌하지 못하겠지만, 하루에도 수많은 원고를 받고 거절 답장을 보내야 하는 출판사의 사정도 이해해야 한다. 출판사도 최대한 구색에 잘 맞으면서도 잘 팔릴 것 같은 원고를 채택해야 한다. 사실, 아무 회신도 하지 않거나 투고 메일 자체를 읽어보지도 않는 출판사들이 대다수다. 당신의 원고가 자신들의 출간 방향과 맞지 않는다는 표현을 쓰는 출판사들은 그나마 당신의 첨부 파일을 읽어보고, 배려해서 거절 의사를 보내주는 것이다.

그리고 출간 거절 회신을 받았다고 해서 바로 낙담할 필요는 없다. 아직 게임이 끝난 것은 아니기 때문이다. 당신의 투고 이메일을 읽고도 아직 회신을 안 해온 출판사들도 있지 않은가

당신의 투고 이메일을 열어보고도 이에 대해 반응을 보이지 않는 출판사들은 입장이 크게 세 가지다.

첫째, 거절이지만 답장을 하지 않은 경우

둘째, 투고된 원고가 너무 많다 보니 아직 당신의 원고를 자세히 살펴보지 못해 답장을 보류한 경우

셋째, 당신의 원고가 나름 괜찮은데, 계약을 진행할지 말지 고

민에 빠진 경우

이런 이유로 원고 투고 후 최소 한 달까지는 경과를 지켜봐야 한다. 출판사에 따라 투고된 원고를 살펴보고 채택하는 데까지 두 달이 소요되는 경우도 있다. 아직 회신해오지 않은 출판사들에 희망을 걸어야 한다.

당신의 원고가 거절당했다고 해서 의기소침하거나 자신감을 잃어서는 안 된다. 출판사마다 원고를 바라보는 시각이 다르며, 그들도 인간이라 훌륭한 원고를 알아보지 못할 수 있기 때문이다. 세계적인 베스트셀러 중에도 처음에 수십 번 거절당한 끝에 출판 계약에 성공한 사례가 많다. 100곳 중 99곳에서 거절당하더라도 단 한 곳만 당신의 원고를 인정해준다면, 당신은 기획출판 계약에 성공하는 것이다.

출판사는 투고한 내 원고를 읽어보긴 할까?

결론부터 말하자면 '대부분 읽어보지 않는다'이다. 심지어 원고는 둘째치고 이메일 자체를 열어보지도 않는 출판사도 많다.

읽어보는 경우라도 대중성이 없거나 실력이 검증되지 않은 작가들의 원고에는 내용을 제대로 확인하지 않은 채 거절 답장을 보내거나 무응답으로 일관한다고 보면 된다.

작가의 역량이나 인지도를 떠나 출판사가 너무 바쁘다는 점도 한몫한다. 원고 투고는 당신 혼자만 하는 게 아니다. 출판사 입장에서는 며칠 동안 수십, 수백 개의 원고를 받게 된다. 이것들이 계속 쌓이면 감당하기 어려울 만큼 많아진다. 이 수많은 원고 중에서 품질과 시장성이 우수한 원고 몇 개만 선정해서 책으로 제작하는 것이다. 모든 원고를 하나하나 읽고 고민할 만큼 출판사는 여유롭지 않다. 원고가 상식 이하이거나 출간기획서나 목차 없이 원고 하나만 딸랑 보내는 경우라면 가차 없이 쓰레기통 행이라고 보면 얼추 맞을 것이다.

하루에도 수많은 원고가 출판사에 도착하고 당신의 원고는 다른 수많은 원고와의 경쟁에서 살아남아야 한다. 당신의 원고가 바로 쓰레기통에 들어가지 않고 고려 대상으로 분류되는 것이, 일종의 예선전이다.

출판사의 **거절을 가볍게 여겨라**

출판사로부터 자꾸 원고를 거절당하게 되면, 심리적으로 위축되기 쉽다. 자기 원고에 대한 자신감이 추락하고, 자신의 재능이 작가가 되기에 굉장히 부족한 것 같다는 생각을 하게 된다. 자기 재능에 대한 의심은 앞으로의 도전에도 많은 악영향을 끼치게 된다. 원고를 투고하면 출판사로부터 또 거절을 당할까봐 두려워서 결국, 자비출판으로 눈을 돌리는 안타까운 선택을 하게 되는 것이다.

심리적으로 위축될 때마다 아래의 글을 읽어보기 바란다.

"제가 《18시간 몰입의 법칙》이란 책을 낼 때였습니다. 당시 저는 초등학교 교사였는데, 하루 3시간밖에 안 자면서 나름대로 심혈을 기울여 원고를 썼습니다. 그리고 서점에 나가 책 뒤에 인쇄된 출판사의 주소와 전화번호, 이메일 주소를 수집하며 출판사들을 조사했습니다. 자기계발서를 한 권이라도 낸 적이 있는 국내의 모든 출판사에 우편과 이메일로 저의 원고를 보냈습니다. 그런데 아무 곳에서도 응답이 없더군요. 그래서 직접 전화를 걸어 일일이 물어보았는데 하나같이 '노' 라고 거절했습니다. 하는 수 없이 원고를 다시 뜯어고친 후 출판사 80곳을 추려 보냈지만, 역시 응답이 없었습니다. 전화를 다시 해보았지만, 마지막까지 '예스' 하는 곳이 없었습니다. (...) 정말이지 죽어버리고 싶더군요. 공중전화 부스에서 나와 집으로 가는 길에 하늘을 향해 삿대질하며 하나님을 원망하기도 했습니다."

- 이지성 작가, 신문사 인터뷰 내용 中

이지성 작가는 수많은 거절을 당하다가 결국, 중소출판사 중 한 곳에서 연락을 받고 출간에 성공하게 되었다. 그는 국내의 대표적인 베스트셀러 작가이며, 그의 책은 출간만 되면 계속 베스트셀러 순위에 오른다. 베스트셀러 작가인 그도 수많은 출판사로부터 원고를 거절당한 무명 작가 시절이 있었다. 이지성 작가가 작가로서 재능이 부족해서 수많은 거절을 당했던 것일까?

최고의 작가들도 초보 작가 시절이 있었고 출판사들로부터 상상할 수 없을 만큼 수많은 거절을 당했다. 하지만 그들은 자신의 꿈을 포기하지 않았고 세상에 자신을 증명해냈다. 예비 저자인 당신 역시 굉장히 높은 확률로 거절을 당하게 될 것이다. 최소 수십 번 거절을 당하게 될 것이다. 그러나 거절을 당하더라도 자신의 역량과 잠재력을 함부로 폄하하지 말길 바란다. 자기 재능이 작가가 되기에 부족하다는 생각을 가져서는 안 된다. 작가가 될 수 없다는 생각을 계속 하게 되면 정말 작가가 될 수 없게 된다. 단지 당신의 원고가 해당 출판사와 인연이 닿지 않았을 뿐이라고 여기는 게 좋다. 세계적 베스트셀러 작가도, 국내에서 이름만 대면 알 만한 성공한 작가들도 초기엔, 출판사들로부터 상상조차 할 수 없을 정도로 수많은 거절을 당했다. 대가들도 이러할진대, 출판사로부터 몇 번 거절을 당했다고 의기소침해 할 필요가 없다.

필자도 초보 작가였을 때 수십 번 거절을 당했다. 100곳이 넘는 출판사에 투고 이메일을 보냈지만, 이메일을 아예 열어보지도 않은 곳이 50곳이었다. 필자의 이메일을 열어본 출판사 중 단 2곳에서 그나마 긍정적인 회신(완전한 계약 제안도 아님)을 보내올 뿐이었다. 필자는 최선을 다해 출판사를 설득시켰고, 결국 출판사 대표의 마음을 움직여서 기획출판에 성공할 수 있었다.

출판사에 원고를 투고하는 과정은 여자에게 고백을 하는 것과 같다. 당신이 여자 몇 명에게 차였다고 해서 당신의 가치나 남성성에 문제가 생기는 것은 아니다. 당신이 계속 차이면, 옷 입는 스타일에 문제가 있는 것은 아닌지, 무의식중에 나오는 나쁜 버릇이 있는 것은 아닌지, 냄새가 나거나 피부가 지저분한 것은 아닌지 점검하고 개선해야 한다.

이 세상엔 수많은 여자가 존재한다. 계속 자기 관리를 하고 어필을 하다보면 당신에게 매력을 느끼고 당신을 진정으로 사랑해 줄 수 있는 여자는 반드시 나타나게 된다. 원고 투고도 이와 마찬가지다. 원고가 계속 거절당하면 원고를 더 나은 상태로 수정하고 보완해서 계속 투고해봐야 한다. 이성에게 차이는 것을 두려워해서 고백하는 것을 포기하면, 앞으로도 계속 솔로로 남아 있어야 할 것이다.

세상에 여자는 많다. 고백하고 차이면, 옷맵시를 가다듬고 다시 다른 여성에게 계속 당신의 진심을 전해라. 한 명만 잡으면 된다. 당신의 결혼 상대는 1명이지 100명이 아니다.

출판사 리스트를 최대한 많이 보유하는 것이 관건이다

작가들이 쓴 원고의 품질이 고만고만하다고 가정할 때, 원고가 책으로 탄생하는 것은 전적으로 보유한 출판사 리스트에 달려 있다고 해도 과언이 아니다. 매력적인 출간기획서를 작성하는 것도 중요하지만, 최대한 출판사 이메일을 많이 보유한 사람일수록 작가 데뷔에 유리하다. 출판사 이메일을 40개 보유한 사람과 400개 보유한 사람이 각각 원고를 투고한다고 때, 누가 기획출간에 성공할 가능성이 높겠는가?

압도적으로 후자가 유리하다. 전자에게 시험의 기회가 단 1번 주어질 때, 후자에게는 합격할 때까지 시험을 10번 치를 수 있는 기회가 주어진 것과 같기 때문이다. 필자는 이 책의 부록에 출판사 리스트 400개를 첨부했다. 이 리스트는 필자가 원고를 투고할 때 실제로 사용하는 리스트이므로 신뢰해도 좋다.

출판사와 **계약할 때** 살펴볼 **6가지 포인트**

중견 작가에 비해 경험이 부족한 예비 저자나 초보 작가들은 원고 투고 후 더욱 간절하고 무거운 마음으로 출판사의 회신을 기다리게 된다. 간절한 마음이 큰 만큼, 원고를 거절하는 내용의 회신을 받을 때마다 자신감이 떨어지고 심리적으로 위축되기 쉽다. 그러다가 한두 곳에서 책을 출간해 주겠다는 회신이 오게 되면, 너무나 감격해서 들뜬 나머지 계약서를 충분히 검토하지 않고 바로 계약을 진행하는 경우가 많다. 여러분이 조심해야 할 부분이 바로 이 지점이다.

기쁜 마음에 계약서를 충분히 검토하지 않고, 즉흥적으로 'OK'를 하게 되면, 나중에 후회할 일이 생기게 마련이므로, 최소한 다음의 사항은 검토해보길 바란다.

첫째, 인세와 계약금

일반적으로 초보 작가는 6%, 중견 작가 이상은 8~10%의 인세를 받는다. 예비 저자이거나 초보 작가의 경우 인세에 너무 예민하게 굴지 않아도 된다. 6~8%의 조건이면, 적정 수준의 인세를 지급받는다고 볼 수 있으며, 인세보다는 출간 시기나 마케팅 계획 등 계약의 다른 요건들을 살펴보는 것이 더 중요하다. 출판사 중에는 재정적 사정에 따라 중견 작가나 잘 나가는 작가에게도 6%의 인세를 부탁할 때도 있으니 계약 전에 이를 잘 따져봐야 한다.

계약금(선인세)은 보통 50만 원~200만 원 사이로 책정된다. 계약금을 선인세라고 하는데, 책이 팔릴 때마다 저자에게 지급될 금액(인세)을 미리 주는 개념이다.

10% 인세로 계약하고 선인세를 100만 원 받았다고 가정해보자. (편의상) 정가가 1만 원인 책이 2,000권 팔리면 당신에게 지급될 인세는 200만 원이다(1만 원*10%*2,000권 = 200만 원). 그런데 이미 계약금(선인세) 100만 원을 지급했으므로, 출판사는 200만 원에서 100만 원을 차감한 100만 원을 작가에게 지급하게 된다(편의상 공제 3.3%는 생략한다).

만약 한 권의 책에 저자가 여러 명일 경우 인세는 어떻게 지급될까? 인세는 저자의 머릿수만큼 나뉜다. 예를 들어 인세 10%에 저자 2명이 계약할 경우 각각 5%씩 인세를 지급받게 된다.

둘째, 편집 방향에 대한 논의

당신이 쓴 원고를 어느 정도까지 손봐야 하는지를 따져봐야 한다. 만약 원고를 다시 손볼 것을 요청받는다면 원고의 일부를 고쳐 쓰는 정도인지, 원고 전체를 손봐야 하는 수준인지 살펴봐야 한다. 보통, 출판사에서 원고 수정을 원할 경우 작가와 논의를 통해, 계약서에 완전 원고 제출 기간을 명시하게 된다. 작가는 계약서에 명시한 기간까지 완전 원고를 출판사에 제출해야 한다. 하지만, 당신이 출판사에 원고를 투고할 때는 이미 3~6개월(초보 기준)이란 짧지 않은 기간을 원고 작성에 투자한 상태일 것이다. 이 상태에서 앞으로 수개월이 더 걸릴 정도의 수정을 요구하는 정도라면, 출판 계약을 다시 검토해볼 필요가 있다. 당신이 완성한 원고에 대해 충분히 경쟁력이 있다고 판단하는 다른 출판사들이 있을 수 있기 때문이다.

셋째, 편집 실력이 엉망인 출판사와는 절대로 계약하지 마라

대부분의 작가들은 자신의 첫 번째 책에 큰 의미를 둔다. 다작하는 작가들도 첫 책이 출간된 순간만큼 가슴이 두근거렸던 적이 없었다고 말한다. 여러분들 역시 첫 책이 나오는 순간을 결코 잊지 못할 것이다. 사람들에게 작가님으로 불릴 수 있는 첫 시점이기도 하기에, 그 의미는 매우 크다. 하지만 출판사의 역량을 제대로 파악하지 못하면 계약 후 낭패를 볼 수 있으니 주의해야 한다.

필자는 안타깝게도 첫 번째 책에 대해 좋지 않은 추억을 가지고 있다. 책의 품질이 수준 이하라서 사람들에게 증정하기도 민망할 정도였기 때문이다. 성의 없는 출판사를 만난 첫 책은 그렇게 숨기고 싶은 책이 되어버렸다.

지금 생각해보니, 출판사의 출간 제안에 감정적으로 들떠서, 확인할 것을 제대로 확인하지 않고 계약을 진행한 것이 화근이었다. 그 당시 예비저자에 불과했던 필자는 경험이 부족해서 어처구니 없는 실수를 저지른 것이다. 여러분들은 필자와 같은 우를 범하지 말길 바란다. 계약서에 도장을 찍기 전에 출판사의 편집역량을 제대로 따져봐야 한다. 해당 출판사에서 지금까지 출간한 책들을 조사해보길 바란다. 책이 출간되어 세상에 나오면 다시는 되돌릴 수 없다.

표지 디자인이 허접한 출판사와는 절대로 계약하지 마라. 또한, 편집과정에서 오탈자도 수정하지 않고 그대로 인쇄소에 넘겨버리는 수준이하의 출판사들도 많으니 조심해야 한다. 보통, 이런 출판사들은 초보 작가들을 노린다. 작가가 꿈인 예비 저자들을 상대로, 책을 내주겠다고 어필을 하는 것이다. 너무나 쉽게 작가의 제안을 받아들이는 출판사는 의심해볼 필요가 있다. 이들은 편집비용과 인건비, 인쇄비용을 최소화한다. 그만큼 저비용으로 저질의 책을 만들어내는 것이다. 이들은 결코, 당신이 기대하는 화려한 책을 만들어주지 않는다. 이들은 최소한의 비용으로 대충 구색을 맞춰 안정적인 수익을 내는 것에 관심이 있을 뿐, 작가의 권위나 책의 완성도 따위에는 관심이 없다.

당신은 분명 작가로서의 열정을 가지고 원고를 집필했을 것이다. 그리고 자신이 쓴 글에 대해 자부심이 있을 것이다. 그런데 그 훌륭한 콘텐츠가 저질스러운 편집 실력에 좀먹게 된다면, 이 얼마나 가슴 아픈 일인가. 표지 디자인도 구리고, 내부 편집 상태도 엉망이라면, 내용이 아무리 좋아도 아무런 소용이 없게 된다.

넷째, 출판 시기

계약 이후 원고가 책으로 제작되기까지 얼마나 걸리는지도 따져볼 문제다. 빠르면 2~3개월 뒤에 출간이 되지만, 늦으면 6개월이 걸릴 수도 있고, 심하면 1년이 걸릴 수도 있다. 당신의 책이 시의성(당시의 사정이나, 사회의 요구에 알맞은 성질)에 구속받지 않고 언제든지 팔릴 수 있는 주제의 책이라면 출판 시기가 다소 늦어도 문제가 되지 않겠지만, 현 사회의 이슈와 긴급하게 맞물리는 주제라면 큰 타격을 입을 수 있다.

책이 너무 늦게 나오면 세상은 집필 당시와 비교해 크게 변해 있을 것이고 언론과 대중의 관심사도 크게 달라져 있을 것이기 때문이다. 그때 가서 책이 나온다면 사회적으로 주목을 받지 못하게 된다. 시의성이 생명인 원고는 2~3개월 안에 책을 출간해줄 수 있는 출판사와 계약해야 한다.

다섯째, 마케팅 계획

이 부분은 계약서에 명시되진 않지만, 책이 나오면 출판사가 어느 정도까지 마케팅을 해줄 수 있는지를 따져봐야 한다. 구체적인 마케팅 계획까지는 아니더라도 출판사의 의지를 확인해야 한다. 카페나 블로그를 활용해 서평단을 모집해줄 수 있는지, 언론사에 기고하여 책을 홍보해줄 수 있는지, 출판사가 자체적으로 보유한 SNS가 있는지 등을 기본적으로 살펴보아야 한다.

특히, 서평 이벤트를 기본으로 진행해주는 출판사를 만나는 게 좋다. 오프라인 서점은 책을 눈으로 보고 직접 만져볼 수 있기에 그 자리에서 바로 판단하고 구매하는 것이 가능하다. 그러나 온라인 서점은 사정이 다르다. 실물을 가상의 이미지 화면을 통해서만 보아야 하기 때문에 구매 의사를 결정하는 데 더 신중하게 된다. 이때 책에 대한 리뷰가 별로 없거나 평이 나쁘다면, 독자들은 괜히 찜찜해져서 뒤로가기 버튼을 누르게 되는 것이다.

평점이 높고, 리뷰 수가 많아야 독자들이 해당 상품을 믿고 구매할 수 있다. 그래서 서평 이벤트를 기본으로 진행해주는 출판사를 만나는 게 좋다. 출판사에 대놓고 물어볼 필요는 없다. 예스24나 알라딘 등 온라인 서점에서 해당 출판사가 출간한 책들을 검색해보면, 거기에 딸린 평점과 리뷰를 볼 수 있는데, 이를 통해 서평 이벤트를 진행하는지 여부를 알 수 있다. 평점이나 리뷰가 0이거나 1~2개로 거의 없는 책들이 대다수라면 서평 이벤트를 별도로 진행하지 않는 출판사라 볼 수 있다.

저자 역시 자기 책을 세상에 알리기 위해 최선을 다해야겠지만, 기본적으로 위에 언급한 것들은 출판사가 진행해주는 것이 좋다. 소형 출판사보다는 중대형 출판사와 계약을 하는 게 일반적으로 좋다. 중대형 출판사는 탄탄한 자본력을 바탕으로 마케팅에 과감한 투자할 수 있기 때문이다.

만약 당신이 계약하려는 출판사가 소형 출판사라면, 대표와 편집자가 당신의 원고에 얼마나 큰 열의를 가지고 있는지를 살펴봐야 한다. 다만, 마케팅에는 출판사의 비용이 들어가므로, 출판사 입장에선 예민한 부분이다. 그러니 출판사에 관련 질문을 할 때는 기분이 상하지 않도록, 최대한 예의를 갖추어야 한다.

여섯째, 계약 기간

계약을 하게 되면 저작권은 작가에게 귀속되고, 출판권은 출판사에 귀속된다. 출판권은 저작권과 다른 의미다. 작가가 쓴 저작물을 독점적으로 출판 및 판매할 수 있는 권한을 출판권이라고 한다. 보통, 출판권은 5년 정도로 설정한다. 계약 기간이 만료되기 전에 해당 책 내용과 같거나 상당히 유사한 내용의 콘텐츠를 제작할 경우 출판사의 동의를 받아야 한다. 계약이 끝나기 3개월 전에 별다른 통보를 하지 않는다면, 출판사는 계약을 자동으로 갱신하겠다는 의사로 간주한다.

만약 저자가 기타 사유로 해당 책을 다른 출판사에서 내고 싶을 경우, 계약 기간 만료 3개월 전에 반드시 계약 해지 의사를 밝혀야 한다.

출판사의 편집 실력과 관련해서, 필자가 겪었던 뼈아픈 시행착오를 소개해 주겠다(해당 출판사의 명예와 관련된 부분이기 때문에 직접적으로 언급할 수는 없다). 필자는 지금까지 영재교육서 2권을 집필했다. 문제의 책은 첫 번째 나온 영재교육서(표지가 노란색)다. 해당 출판사의 편집 실력이 너무 수준 이하였고 성의도 부족했기 때문에, 필자가 출간한 책 중에서 최악의 책이 탄생하고 말았다. 그것도 이게 첫 번째 책이다.

대부분의 작가들은 자신의 첫 번째 책에 큰 의미를 둔다. 다작하는 작가들도 첫 책이 출간된 순간만큼 가슴이 두근거렸던 적이 없었다고 말한다. 하지만 필자는 첫 번째 책에 대해 좋지 않은 추억을 가지고 있다. 책의 퀄리티가 수준 이하라서 사람들에게 증정하기도 민망할 정도였다. 그렇게 이 책은 숨기고 싶은 책이 되어버렸다. 가끔 다른 출판사의 대표가 필자의 사정을 잘 모르고, 저자 프로필에 그 책의 이름을 넣어버리는 일이 있는데, 기분이 상당히 불쾌하다.

필자의 영재교육서에 관심이 있다면, 그 이후에 나온 책을 구매하길 바란다. 프로방스(더로드) 출판사에서 출간된 《영재, 똑똑한 아이가 위험하다》라는 책을 추천한다. 편집 상태도 매우 훌륭하고, 모든 면에서 첫 번째 책의 상위호환이다. 이 책에 대해 필자는 상당히 만족하고 있다.

지금 생각해보니, 출판사의 출간 제안에 감정적으로 들떠서, 확인할 것을 제대로 확인하지 않고 계약을 섣부르게 진행한 것이 화근이었다. 이때는 필자가 예비 저자 시절이어서 경험이 부족했었다. 그래서 어처구니 없는 실수를 저지른 것이다.

여러분은 필자와 같은 우를 범하지 말길 바란다. 책이 출간되어 세상에 나오면 다시는 되돌릴 수 없다. 계약서에 도장을 찍기 전에 해당 출판사의 내공이 어느 정도인지 꼭 검토하는 과정을 거쳐야 뒤탈이 없다.또한, 오탈자도 수정하지 않고 그대로 인쇄소에 넘겨버리는 수준 이하의 출판사들도 많으니 조심해야 한다. 보통, 이런 출판사들은 초보 작가들을 노린다. 작가가 꿈인 예비 저자들을 상대로, 책을 내주겠다고 어필을 하는 것이다.

당신은 분명 작가로서의 열정을 가지고 원고를 집필했을 것이다. 그리고 자신이 쓴 글에 대해 자부심이 있을 것이다. 그런데 그 훌륭한 콘텐츠가 저질스러운 편집 실력에 좀먹게 된다면, 이얼마나 가슴 아픈 일인가. 표지 디자인도 구리고, 내부 편집 상태도 엉망이라면, 시장에 나오자마자 틀림없이 독자들에게 외면받게 될 것이다.

7장

출판의 방식

한눈에 보는 **출판**의 **종류** 5가지

책을 내는 출판의 방식에는 여러 가지가 있다. 각 방식에 따라 장단점이 분명하고 추구하는 지향점이 다르므로, 각 계약의 특징을 잘 이해하고 계약을 진행해야 한다.

기획출판

작가에게 이상적인 출판 방식으로, 출판의 모든 비용을 출판사가 부담하고 작가는 인세를 지급받게 된다. 책의 편집과 제본, 마케팅 비용을 모두 출판사가 부담하기 때문에, 출판사 입장에서는 실력이 검증된 중견 작가나 대중적으로 인지도 있는 작가를 선호할 수밖에 없다. 문턱이 높아서 일반인이나 초보 작가의 경우 원고가 거절되는 경우가 많다(무조건 불가능하다는 것은 아니다).

장점

• 비용 부담이 없다. 작가는 비용의 지출 없이 인세만 지급받으면 된다.

• 작가는 원고에 더 집중할 수 있다. 편집, 디자인, 제본, 마케팅, 유통을 출판사에서 진행하기 때문이다.

• 기획출판은 문턱이 높지만, 그만큼 작가의 공신력과 상업성을 인정받는 출판 방식이다. 사회적으로 인정받는 작가들, 베스트셀러 작가들은 특수한 경우를 제외하고 모두 기획출판 작가라고 볼 수 있다.

단점

• 출판사가 모든 비용을 부담하는 만큼 작가에게 돌아갈 인세가 6~10%로 많지 않다.

• 중견 작가나 인지도가 높은 작가가 아니면, 문턱이 꽤 높아서 계약에 실패할 가능성이 크다.

• 출판사가 모든 비용을 부담하기 때문에, 책의 제작 과정에서 작가의 개성보다는 출판사의 견해가 더 크게 반영된다.

자비출판

저자가 출판 전문 업체에 비용을 지급하고 책을 출간하는 형태다. 작가는 원고를 작성하며, 자비출판 대행사는 저자로부터 책 출판에 필요한 모든 비용을 받아 원고를 책으로 제작한다.

장점

• 문턱이 낮아, 일반인도 자기 책을 쉽게 낼 수 있다.

• 비용을 저자가 지불하는 만큼 인세의 비중도 높고, 책의 기획, 디자인, 판형 등에 저자의 의도를 반영하기 용이하다.

단점

• 책 출간의 경제적 부담이 크다. 일반적으로 책 한 권을 출간하는 데 1,000~2,000만 원 정도의 비용이 들어간다. 인세율이 높아도 잘 팔리지 않으면, 책 제작에 투여한 돈을 회수하기 어렵다.

• 기획출판에 비해 작가로서의 공신력을 인정받기 어렵고, 책의 영향력도 제한적이다.

• 책 제작에 필요한 거의 모든 비용을 저자가 부담한 상태에서 책을 제작하기 때문에, 이미 목적을 달성한 출판사는 책 판매

에 대한 열의가 떨어질 수밖에 없다. 그만큼 책의 완성도가 떨어지고, 마케팅에 소홀할 가능성이 크다는 것이다.

· 작가 입장에서는 본인이 지불한 비용이 책 제작에 제대로 쓰이고 있는지 확인하기 어렵다.

반기획출판

기획출판과 자비출판의 중간 형태로, 공동기획출판이라 칭하기도 한다. 저자와 출판사가 책 제작 비용을 서로 분담하는 방식이다. 초판 제작 비용만 저자가 부담하고, 증쇄 이후부터 출판사가 지불하는 방식이 일반적이다. 책이 잘 팔릴지 확신이 서지 않아 출판사가 저자에게 초판 비용 일부를 부담해줄 것을 요청하는 경우에 진행되는 계약 방식이다.

장점
· 자비출판보다는 비용 부담이 적고, 책의 품질도 나은 편이다.

단점
· 자비출판의 상위호환이지만 기획출판의 하위호환이다. 일

정 부분이라도 저자의 비용이 들어간 것은, 결국 자비출판의 한 종류라고 볼 수 있다. 상대적인 차이일 뿐, 자비출판이 지닌 단점을 거의 그대로 가져간다.

독립출판

여기서 독립이란 자본으로부터의 독립, 기존 출판 관행으로부터의 독립을 뜻한다. 출판의 모든 과정을 저자가 독립적으로 작업하고, 책을 출간하는 형태다.

저자가 모든 출판 과정을 직접 진행하며, 보통 저자가 직접 출판사를 차려(사업자등록) 1인 출판 형태로 책을 셀프 제작한다. 이러한 작가들을 독립(인디) 작가라고 한다.

장점

• 출판 시스템에서 독립되어 있으므로, 저자의 개성이 들어간 독창적인 책을 만들 수 있다.

• 문턱이 낮아, 일반인도 쉽게 자기 책을 낼 수 있는 출판 방식이다.

단점

- 집필에 온전히 집중할 수 없다. 편집과 제본을 전문가에게 외주를 맡기더라도 마케팅, 유통에 대한 거의 모든 것을 저자가 진행해야 하기 때문이다.

- 문턱이 낮고 저자의 개성을 살릴 수 있는 출판 방식이긴 하지만, 시장에서의 반응을 이끌어내기는 어렵다. 애초부터 자본과 상업성으로부터의 독립을 선언한 출판 형태이기 때문이다. 특히, ISBN이 없는 책은 정식 출판물로 인정받지 못하며, 대형 서점이나 일반 서점에 입점할 수 없다. 독립 서점이라는 제한된 공간에서 판매되는 경우가 많다.

POD 출판

POD란 Publish On Demand의 약자로 주문형 출판 방식을 말한다. 작가는 원고 파일을 출판사에 넘기고, 출판사는 시장의 수요에 맞게, 주문된 양만큼 소량씩 제작해서 판매한다. 책을 미리 제본해 창고에 보관할 필요가 없으므로 출판사 입장에서는 보관 비용을 아낄 수 있다.

장점

• 문턱이 낮아 손쉽게 자기 책을 출간할 수 있다.

• 저자 입장에서는 비용의 지출이 거의 없고 인세도 받을 수 있으므로, 금전적인 면에 한정해서는 기획출판 방식과 큰 차이가 없다.

단점

• 책에 대한 주문이 들어오면 그때부터 제작에 들어가는 방식이기 때문에, 책을 제작하여 발송하기까지 긴 시간이 소요된다.

• 대형 오프라인 서점에서 유통되긴 어렵고, 대부분 온라인 서점에서만 유통된다.

• 주문에 대하여 책을 소량씩 제작하기 때문에 기획출판 방식처럼 책을 전국적으로 유통하긴 어렵다.

정말 솔직한 **출판 방식**의 **비교**

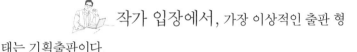 작가 입장에서, 가장 이상적인 출판 형
태는 기획출판이다.

　작가는 비용의 지출 없이 인세만 지급받으면 되고, 작가로서
의 공신력과 상업성을 인정받는 효과도 있기 때문이다. 출판된
책의 편집 상태 역시 가장 우수하다. 간혹, 자비출판 방식의 장
점을 계속 강조하면서 자비출판을 권하는 사람들도 있지만, 보
통의 경우 필자는 여기에 동의하지 않는다.

　작가가 충분한 실력이 있음에도, 책에 대한 자기만의 확고한
신념이나 철학이 있어서 독립출판 방식을 고수하는 경우가 있긴
하지만, 자비출판의 경우엔 정말로 작가로서의 자존심을 내려놓
고 출간을 진행하는 방식이기 때문이다. 여기에는 작가의 독창
성도 신념도 존재하지 않는다. 자비출판은 특수한 경우가 아니
고서는 권장하지 않는다. 냉정한 말이지만, 기획출판에 실패했

기 때문에 자비출판을 하는 것이다. 간혹 자기 원고가 너무 독창적이라서, 상업성만으로 모든 것을 재단할 수 없다고 주장하는 사람들도 있지만, 자기 자신에 대해, 그리고 원고의 수준에 대해 좀 더 객관적인 태도를 지닐 필요가 있다.

정말 훌륭한 원고임에도 기획출판에 실패하는 경우가 있기는 하지만, 압도적 대다수의 경우 원고의 수준이 함량에 미달하기 때문에 자비출판을 하게 되는 것이다. 시장의 독자들을 하나도 고려하지 않고 자기가 하고 싶은 말만 중언부언 써놓은 원고를 독창적인 원고라고 하지 않는다.

원고의 수준을 떠나 자비출판은 말 그대로 '자비로운' 자만이 해야 한다. 돈의 지출에 자비로운 자, 책의 조악한 품질에 자비로운 자, 책의 저조한 판매량에도 자비로운 자, 주변의 차가운 평가에도 자비로울 수 있는 자가 자비출판을 해야 한다. 그래도 독립출판에는 작가만의 신념과 철학, 그리고 개성이 깃들어 있지만, 자비출판에서는 그 어떠한 것도 인정받기 어려운 것이 현실이다. 각종 인터넷 매체의 광고를 통해 '너두 3개월 만에 작가 될 수 있어!' 라며 책 한 권 써보라는 메시지가 난무하지만, 자세히 알아보면 글쓰기를 가르쳐주는 대가로 고액의 수강료를 요구하고, 자체 보유한 출판사로 책을 내주는 조건으로 다시 돈을 요구하는 자비출판 세계로의 초대임을 알 수 있다. 이는 수많은 예비 작가들을 현혹시킨다. 물론 자비출판 자체가 잘못되었다는 것은 아니다. 자비출판도 엄연히 출판 방식의 하나다.

책 한 권 내는 것이 일생일대의 소원인 사람이라면, 자기 돈을 들여서라도 책을 내는 것이 나을 수도 있다. 그러나 작가로서의 꿈을 가지고 있고 앞으로 지속적으로 작품 활동을 하기로 마음먹은 사람이라면, 좀 더 고생해서 정공법으로 책을 내는 것이 맞다고 생각한다.

이번엔 독립출판에 대해 말해보자. 차라리 책에 대한 자기만의 신념이나 철학이 있어서 1인 출판사를 차리고 독립출판을 하는 경우라면, 필자는 그 신념과 철학을 존중한다. 하지만 단순히 자기 책을 내고 싶은데 출판을 거절당해서, 책 한 권 내자고 자기가 출판사를 차리는 것이라면 말리고 싶다. 먼저 저자로서의 역량을 점검해보길 바란다.

원고의 작성은 물론 편집, 디자인, 제본, 마케팅, 유통까지 모든 것을 당신이 진행해서 책을 내야 한다. 들어가는 시간과 비용도 감안해야 하고 출간 과정 중에 수많은 제약 요건과 변수가 발생하는 건 다반사다. 그러한 과정을 모두 이겨내야 책 한 권을 출간할 수 있다. 그리고 책이 나온다고 해서 끝이 아니다. 중대형 출판사에 속한 전문 편집자와 마케팅 전문가들이 당신의 경쟁 상대가 될 것이기 때문이다.

책이 출간되어도 대형 서점에 유통되기가 어렵고 대부분 독립서점에 들어가서 판매될 것이다. 교보문고나 알라딘 같은 대형 서점들은 책을 들여올 때 출판사에 일정한 제한을 둔다. 즉, 책이 일정 부수 이상 출간되어 어느 정도 규모가 형성된 것으로 판단되는 출판사의 책만 들여온다는 것이다. 또한, ISBN이 부여되지 않은 독립출판물은 일반 서점에서 정식 출판물로 인정을 받을 수 없다.

이 책은 책을 출간하여 작가로서의 꿈을 이루려는 평범한 직장인을 위해 쓰였다. 작가로서 남다른 계획이 있지 않은 이상, 비용이 들어가지 않고 모든 과정을 출판사에서 전문적으로 진행해주는 기획출판 방식과 POD 출판 방식을 독자들에게 권장하고 싶다. 정말 훌륭한 원고임에도 기획출판 계약에 실패했다면, POD 출판을 하라.

물론 기획출판이 무조건 최고라고 말하는 것은 아니다. 자비출판물, 독립출판물 중에서도 충분히 엄청난 결과를 낸 책들이 분명 존재하기 때문이다. 독립출판으로 베스트셀러가 된 대표적인 작품으로는 《언어의 온도(이기주)》, 《달러구트 꿈 백화점(이미예)》, 《죽고 싶지만 떡볶이는 먹고 싶어(백세희)》가 있다. 앞으로도 이런 사례들은 계속 나올 것이다. 하지만 소수 사례를 일반화시켜 냉정한 현실을 부인하는 것은 위험한 태도다. 자비출판, 독립출판의 성공 사례가 세상의 주목을 받고 출판업계에서 계속 회자되는 것은 그만큼 현실에서 일어나기가 매우 어려운 사건이기 때문이다.

기획출판은 왜 어려운가

작가 입장에서는 단지 인세만 지급받으면 끝날 문제이지만, 출판사 입장에서는 최소 2,000만 원 정도의 투자가 필요한 모험이기 때문에 사활을 걸어야만 한다. 책 판매가 부진하면 출판사의 재정은 위태로워지고 출판사 대표는 직원들에게 월급을 주기도 어려운 상황에 부닥칠 수 있다. 그래서 작가의 원고에 투자한 만큼의 비용을 시장에서 다시 회수할 수 있는지 고민하지 않을 수 없는 것이다. 그래서 기획출판은 경쟁률이 높다.

중대형 출판사의 경우 하루에도 수십 개의 원고를 받고 그 중 1~2개의 원고가 선택을 받아 세상에 책으로 나오게 된다. 기획출판은 모든 제작 비용을 출판사가 부담하는 계약 방식이므로 그만큼 원고 선택에 신중할 수밖에 없음을 작가가 이해해야 한다.

갈수록 기획출판이 어려워지고 있는 또 다른 이유는 원고의 질 하락과 독서 인구(종이책 기준) 감소에 따른 출판시장의 위축과 관련이 있다. 세상에 책을 내서 저자가 되고 싶은 사람이 많아지는 것과 비례해서 최소한의 기대도 충족시키지 못하는 처참한 수준의 원고도 많아지고 있다. 국민의 연간 독서량(독서의 기준을 종이책으로 한정할 경우)이 줄어들고 있는 현실도 기획출판 계약을 더욱 어렵게 만들고 있다.

그래서 출판사는 투자 대비 손실을 줄이기 위해 기획출판보다는 작가와 출판사가 제작 비용을 공동으로 지불하는 형태의 자비출판을 선호하게 된다(반기획출판이라고 해서 기획출판과 자비출판의 절충 방식, 작가의 비용 부담은 자비출판보다 덜하지만, 자비를 일부 보태어 책을 제작하는 모든 방식은 결국 자비출판이라고 할 수 있다).

요즘 사람들이 책을 잘 읽지 않는다고 하지만, 그래도 이 세상엔 자기 책을 내서 작가로서의 꿈을 이루고 싶어하는 사람들의 수가 출판사의 수보다 매우 압도적으로 많기 때문에, 기꺼이 자기 돈을 내고 책을 출판하려는 사람들을 어렵지 않게 찾을 수 있고, 이들을 타깃으로 자비출판만 전문으로 하는 출판사들도 존재한다.

기획출판은 특별한 사람들만 할 수 있는 것일까?

물론 저자가 유명 인사라서 대중적 인지도가 높거나, 인플루언서일 경우 출판사로부터 기획출판 계약을 따내기가 유리한 측면은 있지만, 이것이 절대적인 것은 아니다. 원고의 품질로 승부를 보면 되기 때문이다. 기획출판의 관건은 콘텐츠의 유용함에 있다. 스펙이 평범한 일반인이라도 원고의 질이 우수하고, 타깃 독자층이 명확하게 설정되어 있다면, 충분히 상업성을 인정받아 출판사와 기획출판 계약을 맺을 수 있다. 저자가 좋은 조건을 가지고 있으면 분명 출판사의 마음을 움직이는 데 유리하게 작용하겠지만, 꼭 저자가 유명인이 아니라서, 초보 작가라서 기획출판에 실패하는 것은 아니다.

필자도 처음 책을 낼 때는 특별히 내세울 만한 이력이 없었다. 그저 평범한 은행원에 불과할 뿐이다. 직책이 높은 것도 아니고 경력도 거의 없는 신입사원이었다. 그럼에도 원고의 품질과 명확한 타깃 독자 설정으로 출판사의 러브콜을 받을 수 있었고, 지금까지의 모든 책을 기획출판 계약에 성공할 수 있었다. 지금은 출판사로부터 원고를 청탁받는 수준에 와 있다. 그러니 여러분의 스펙이 초라하다고 해서 너무 겁먹을 필요는 없다.

기획출판의 가능성을 조금이라도 높이고 싶다면, 왜 이 원고가 잘 팔릴 수밖에 없는지, 독자들의 어떤 욕구를 충족시켜 줄수 있지를 출판사에 확실하게 어필해야 한다.

자비출판하지 말고 반드시 기획출판하라

자비출판은 기획출판보다 인세가 크다
는 점을 들어 자비출판을 권하는 사람들도 있지만 이건 어디까
지나 책이 잘 팔릴 때나 의미가 있는 것이다. 책 판매가 부진하
면 비용을 회수할 수 없다. 이미 자비출판을 했다는 것 자체가
책이 잘 팔릴 것 같지 않다는 전제가 깔려있는 것이다. 기획출판
으로 만든 책에 비해 어차피 성공할 가능성이 낮을 것이라는 출
판 관계자들의 암묵적 동의가 있다고 봐도 무방하다. 자비출판
으로 대박을 친 사례들이 자꾸 부각되는 것은 그만큼 현실에서
일어나기 어려운 일이 일어나서 주목을 받는 것이다.

더구나 자비출판을 한다는 것은 비용을 떠나 앞으로 작가로서
의 이력에 별로 좋지 않은 영향을 줄 수 있다. 자비출판을 했다
는 것은 결국, 원고의 품질과 시장성이 기준 미달이라는 것을 의
미한다. 이는 분명 작가의 이력에도 좋게 작용할 리가 없다. 단

순히 자기 이름으로 된 책을 내는 것에 의미를 부여하는 사람이라면 상관이 없지만, 앞으로 작가로서 꾸준한 활동을 할 사람이라면 책 한 권을 내더라도 정식으로, 제대로 내는 것이 무엇보다 중요하다. 자비출판의 경우 콧대 높은 출판시장에서는 출간 경력으로 쳐주지 않으니 신중하게 생각해보길 바란다.

더구나 자비출판으로 나온 책들은 품질이 아주 조악한 경우가 많다. 이미 작가가 책 제작 비용의 상당 부분을 지불했기 때문에, 출판사 입장에서는 책 판매가 부실해도 손해 볼 것이 별로 없다. 그만큼 책을 제작할 때도, 판매 수단을 강구할 때도 간절함이 떨어질 수밖에 없는 구조라 책의 품질이 조악할 공산이 크다.

책이 나왔는데 책의 표지가 허접하고 책 내부의 편집 상태가 허접하면, 책을 주변 사람들에게 나눠줘도 당신의 이미지가 상승하기보다는 오히려 하락할 것이다. 작가가 되었지만 주변 사람들에게 책을 증정하거나 홍보할 때도 부끄러울 수밖에 없고, 기획출판에 비해 유통에도 한계가 많은 것이 사실이다.

그러니 국내 모든 출판사로부터 기획출판을 거절당했어도 포기하지 말고 원고의 완성도를 높여가면서 투고를 계속해보자. 필요하다면 작가가 직접 나서 출판사 대표를 설득하기도 해야 한다. 원고의 주제와 콘셉트를 다시 잡고 조금씩 수정해가면서, 계속 출판사에 시장성을 어필해보는 것이다.

자비출판은 특수한 경우에만 하는 것이다. 특수한 경우라면 대표적으로 정치인의 책 출간을 예로 들 수 있다. 정치인, 특히 국회의원이나 선거 후보자는 작가로서 인정받으려고 책을 내는 것이 아니라 유권자에게 자신을 알리고 홍보하기 위해 책을 내는 것이다. 목적 자체가 일반 작가와 다르다고 봐야 한다. 또한, 그들은 북 콘서트나 강의를 통해 책 출간에 들인 비용을 손쉽게 회수할 수 있으므로(본전보다 더 많이 뽑을 수 있다) 자비로 책을 출간한다 해도 그리 문제가 되지 않는다.

8장

편집과 출간

책 제목 정하기

책의 제목은 그 책을 대표하는 한 문장이다. 책 내용이 어떻든, 독자는 책의 제목을 보고 책 전체의 내용을 유추할 것이다. 책 제목은 길어야 한 문장이지만, 그 한 문장이 책 전체를 대표하고 책의 판매에도 영향을 미치기 때문에 제목을 정하는 일은 수많은 고민과 탁월한 창의성을 요구하는 과제라고 할 수 있다.

사실, 책의 제목을 짓는 것은 베테랑 작가나 편집자에게도 어려운 일이다. 책 쓰기 분야의 전문가라도 원고가 인쇄소에 넘어가기 직전까지 계속 고민하고 수정을 거듭해야 한다. 책 제목이 한 번에 정해지는 경우는 없다. 처음에 정한 제목도 나중에 가서 바뀔 가능성이 크다. 책 제목을 정하는 데는 출판사의 권한이 크지만, 작가도 자신의 아이디어를 적극적으로 표출하고, 출판사와 아이디어를 공유하는 것이 좋다.

물론 책의 제목을 정하는 것에도 나름대로 형식과 틀이 있다.

아래는 책 제목을 짓는 대표적인 방법들로 출판사에서도 많이 활용하는 방법이다.

첫째, 기억에 남는 독창적인 제목일 것

책은 당신 혼자만 내는 것이 아니다. 이 세상에 책은 수없이 존재하며, 수없이 출간되고 있다. 당신이 쓴 주제와 같은 내용을 다루고 있는 책도 수없이 많다. 아무래도 평범한 이름으로는 살아남기 힘들 것이다. 책 제목은, 한 번 각인되면 쉽게 기억해낼 수 있을 만큼 독창적이어야 한다.

이러한 책 제목의 유형으로는 정찬용의 《영어 공부 절대로 하지 마라》라는 책이 있다. 1999년 출판되어 당시 사회적으로 큰 파장을 일으킨 베스트셀러다. 당시의 영어 교재는 문법이나 단어 암기 위주의 학습서가 주를 이루었는데, 이러한 국내 영어 학습의 실태를 풍자적으로 비판하면서, 영어 공부를 하지 말라는 표현을 쓴 것이다. 제대로 된 영어 공부가 무엇인지 알려주겠다고 주장한 책으로, 회화 능력 및 체화 위주의 학습법을 제시했다. 당시 이 책이 히트를 친 데는 제목이 큰 역할을 했다. 반어법과 충격요법, 선언적 기법으로 독자들의 호기심과 관심을 일으키기에 충분한 제목이다. 만약 책의 내용을 표현하기 위해 '영어는 공부가 아니라 생활이다' 정도로 지었다면, 그렇게 큰 주목을 받진 못했을 것이다.

물론, 무조건 튄다고 해서 좋은 제목은 아니다. 튀기 위해 억지로, 책의 내용과 전혀 관련 없는 제목을 붙여놓거나 불쾌감을 주는 제목, 비현실적이어서 공감하기 어려운 느낌의 제목을 붙여놓으면 역효과가 날 수 있다.

둘째, 정확하고 구체적인 표현을 사용할 것

제목은 책 내용을 반영해야 하지만 표현이 두루뭉술하면 안 된다. 독창적이면서도 이 책의 포인트가 무엇인지를 담고 있어야 한다. 책 제목이 다소 길어도 문제가 되지 않는다. 대신 정확하고 구체적인 표현을 사용하면 된다. 한호림의 《꼬리에 꼬리를 무는 영어》는 어원에서 다양하게 파생되는 영단어의 원리를 잡아내면 단어를 확장하여 기억할 수 있다는 포인트를 가지고 있다. 이 포인트를 '꼬리에 꼬리를 문다' 라고 표현하여 성공한 케이스다. 만약 '영단어 한방에 보내기', '영단어 뽀개기' 같은 뜬구름 잡는 제목을 붙였다면, 책의 강점이 하나도 반영되어 있지 않아 독자에게 주목받지 못했을 것이다. 좋은 제목이란 그 책에만 어울리는 제목, 그 책의 강점을 살리는 제목이다. 그 책에 붙여야만 생명력이 살아나는 그런 제목 말이다.

셋째, 따라 하기 전략

시중에서 이미 초대박을 친 책의 제목을 참고해 유사하게 짓는 것이다.《철학은 어떻게 삶의 무기가 되는가》,《미움받을 용기》등 시장에서 주목받고 있는 책의 제목과 유사하게 지어 관심을 유도한다. 하지만 잘못 따라 하면, 그 책의 아류작 같은 느낌을 주기 쉬우니(격이 떨어지는 느낌을 줄 수 있음) 확실한 효과를 기대할 수 있을 때만 써야 할 전략이다.

넷째, 책의 원고에서 찾는 방법

원고의 분량을 채워나가다 보면 자신도 모르는 사이에 정곡을 찌르는 멋진 문장을 구사하게 되고, 책의 제목으로 활용할만한 문구가 제법 보이게 된다. 그것들 중 책의 주제와 가장 적합한 것을 추려 책 제목으로 정하는 경우가 종종 있다.

다섯째, 욕구를 담아 자극하는 법

독자의 보편적 욕구를 자극하는 제목도 충분히 경쟁력이 있다.

채사장의 《지적 대화를 위한 넓고 얕은 지식》이 대표적인 사례다. 일명 '지대넓얕'은 손쉽게 지적인 사람처럼 보이고 싶어하는 대중의 지적과시욕을 제대로 자극했다고 평가받는다. 깊은 지식은 어렵고 골치 아프다. 제대로 이해하려면 많은 시간과 비용이 발생하게 된다. 하지만 적당한 깊이의 지식을 넓게 학습하는 것은 그리 부담이 되지 않는 일이고, 어디 가서 써먹기도 좋을 것이다. 일부 지식인은 깊고 심오한 책을 좋아할지 몰라도, 대중은 쉽게 배우고 어디가서 바로 티 낼 수 있는 공부를 원한다. 그래서 그러한 눈높이의 콘텐츠를 모아 책에 담은 것이다. 《하루 1페이지 철학 365》 같은 책의 제목도 이와 같은 효과를 노린 것이라고 보면 된다.

여섯째, 한눈에 무슨 뜻인지 파악하기 용이할 것

어려운 전문용어, 외래어로 제목을 짓지 말아야 한다.

《아웃라이어》, 《사피엔스》, 《넛지》의 경우 워낙 세계적인 베스트셀러였고 출판사가 전략 상품으로 선정하여 작정하고 마케팅을 진행한 경우라 외래어 사용이 가능했던 것이다. 국내에서 인지도가 높은 S급 강사나 유명 연예인, 정치인이 아니라면 가급적 외래어를 피하고 쉬운 우리말 표현으로 바꿀 것을 권장한다. 외래어는 그 뜻이 아무리 쉬워도, 직관적으로 와닿지 않는다는 문제가 있다.

　책의 제목을 정할 때는, 원고 투고 시 출간기획서에 작성했던 가제를 먼저 살펴보자. 가제보다 더 좋은 제목을 지을 수 있는지 먼저 따져보고 고민해보는 것이다. 책이 인쇄소에 넘어가기 전까지 제목은 수차례 바뀔 수 있다. 그때까지 고민에 고민을 거듭해서 신중하게 결정해야 한다.

　참고로, 제목은 단독으로 정하지 말고 주변 사람들에게도 충분히 물어보고 정하는 게 좋다. 작가가 보기에 좋은 제목이 있고, 출판사가 보기에 좋은 제목이 있다. 하지만 가장 중요한 것은 일반 대중이 보았을 때 좋은 제목이다. 책은 결국 대중이 구매해서 보기 때문이다. 최종 리스트에서 어떤 제목을 선택해야 할지 답이 나오지 않는다면, 주변의 사람들에게 물어보길 바란다. 가장 많은 추천을 받은 제목을 선택하면 더 좋은 결과가 나올 것이다.

　같은 주제로 시중에 나와 있는 책들의 제목을 참고하는 것도 강력하게 추천한다. 시중에 나와 있는 도서들도 엄청난 고민에 고민을 거듭한 끝에 지금의 제목이 붙은 것이다. 그러한 제목들을 살펴보고 괜찮은 것들만 뽑아 따로 리스트를 만들다 보면, 갑자기 번쩍이는 아이디어가 떠오르는 경우가 많다. 위대한 창의성은 참고와 모방에서 나온다.

또한, 부제목도 적지 않은 비중을 차지하므로 제목을 정할 때 함께 고려해야 한다. 부제목은 제목을 보조하는 역할을 한다. 직관적인 임팩트는 제목에 두되, 책의 구체적 내용을 암시하는 기능은 부제목에 두어 보완하는 것이 일반적이다.

책의 **표지**는 사람의 **얼굴**과 같다

책의 표지는 사람의 얼굴과 같다. 독자들은 책표지의 이미지와 그 느낌이 그 책 전부를 보여주는 것으로 생각한다. 그래서 책표지가 매력적이어야 일단 책을 집어서 만져보기라도 한다. 얼굴은 가장 먼저 보게 되는 신체 일부이고, 일단 얼굴에서 호감을 느껴야 그 사람의 다른 곳에도 관심을 두게 되는 것이 세상의 보편적 경향이다.

마찬가지로 책 내용이 아무리 훌륭해도, 제목과 표지가 허접하면 독자들에게 철저히 외면당하게 된다. 내용물은 중요하지만, 포장도 역시 중요하다. 특히나 한국 독자들은 상품의 디자인을 매우 중시하는 편이므로, 예쁜 책 표지로 독자들의 소장 욕구를 자극할 수 있도록 해야 한다.

책의 표지를 결정하는 과정에는 출판사마다 차이가 있지만, 보통 2~4개의 표지를 출판사가 제작하고(또는 외주), 작가에게 선택권을 주는 경우가 일반적이다. 책표지 시안을 하나하나씩 살펴보면 나름대로 매력이 있기 때문에, 선택은 쉬운 문제가 아니다. 이럴 땐 책의 내용과 분위기에 적합하며, 독자의 시선을 끌수 있는 임팩트 있는 디자인으로 고르는 것이 좋다.

독자는 책의 표지에서 느껴지는 인상에 따라 책의 내용을 판단하는 경향이 있다. 똑같은 내용의 책이라도 표지가 책의 인상을 아주 많이 좌우한다. 그러니 표지는 예쁘고, 세련되면서도 책의 분위기와 특징을 잘 살려줄 수 있는 것으로 선택해야 한다. 또한 너무 산만한 것은 피하는 것이 좋다. 표지 디자인이 너무 단출해도 독자의 시선을 끌 수 없지만, 그렇다고 너무 산만하면, 독자가 책의 포인트를 인지하는 데 방해가 되기 때문이다.

선택이 쉽지 않다면, 주변 사람들에게 보여주고 그 반응을 참고하는 과정도 거치는 것이 좋다. 어쨌든 당신의 책을 구매할 독자들은 주변에서 흔히 당신이 만날 수 있는, 보통의 지적 수준과 미적 감각을 지닌 사람들일 것이기 때문에, 그들이 상대적으로 선호하는 디자인이 무엇인지 눈여겨볼 필요가 있다.

책 쓰기는 원고만 잘 쓴다고 끝나는 게 아니다. 원고의 완성도가 일정 수준까지 도달하면, 원고의 지엽적인 문제에 집중하기보다는 책의 제목과 표지에 공을 들이는 편이 확실히 좋은 결과를 가져올 것이다. 작가가 적극적인 태도만 보인다면 출판사가 책 표지의 일부(문구, 디자인, 색상)를 수정해주기도 한다. 특히 책 표지에 들어갈 문구가 책의 포인트를 잘못 짚고 있다면, 작가가 직접 나서서 수정을 요구해야 한다.

개인 브랜드를 표지에 넣을 때는 주의해야 한다

책의 표지에 저자 개인 브랜드를 내세우는 경우가 있는데, 이때는 저자의 사회적 영향력과 인지도를 고려해야 한다. 당신이 유명한 연예인, 최소한 구독자 10만 이상의 유튜버, 대중적 인지도가 높은 정치인, 유명하지 않더라도 누구나 인정할 만한 아주 대단한 성취를 이룬 사람이라면, 당신의 이미지나 이름을 표지에 넣는 것이 확실히 좋은 결과를 가져올 것이다. 하지만 아직 유명한 사람도 아니고 대단한 성취를 이룬 것도 아닌데, 유명해지려는 욕심으로 자기 브랜드를 책 표지에 넣었다가는 꼴이 아주 우습게 될 수 있다. 주변 사람들이 어떠한 반응을 보일지 생각해보라. 대중은 당신이란 사람이 누군지 모르고 전혀 궁금하지도 않으므로, 오히려 책 구매를 망설이게 될 수도 있다.

작가는 어디까지 참여하는가?

원고가 책으로 제작되어 세상에 나오기까지의 과정에, 작가는 어디까지 참여할 수 있을까?

원고가 본격적인 편집 과정에 들어가면, 원고 편집과 더불어 책의 제목과 부제, 표지, 내부 디자인, 컬러에 대한 논의가 이루어진다. 책의 제목과 부제, 표지, 내부 디자인, 컬러는 거의 출판사에 의해 정해진다고 보면 된다(물론, 작가가 자신의 아이디어를 적극적으로 어필하면 출판사가 그것을 참고할 수는 있다).

책의 제목과 부제, 표지 디자인은 책에서 아주 핵심적인 부분에 해당하므로, 필자는 작가가 자신의 아이디어를 출판사에 적극적으로 표출할 것을 권장한다. 아무런 의견을 출판사에 전달하지 않다가 결국 나중에 후회하는 경우도 있기 때문이다(이땐 설득과 합의의 과정이 필요하다).

책은 한 번 인쇄되어 세상에 나오면 그것이 일단 매진되어 다시 중쇄에 들어가기 전까지, 수정은 불가능하다. 그러니 책이 인쇄소에 넘어가기 전까지 서로 만족할 수 있는 결과물이 나올 수 있게 최선을 다해야 한다. 작가와 출판사의 성향이 잘 안 맞으면 서로 부딪힐 수도 있지만, 그렇게 해서라도 최상의 책이 나오는 편이 훨씬 낫다.

물론, 책을 보는 시야는 작가보다 편집자가 훨씬 넓다. 작가 대부분은 책을 1~2권 써본 경우가 많고, 많이 써봐야 10권이다. 100권 이상 쓴 작가는 손에 꼽을 정도다. 반면, 편집자는 원고를 직접 써보진 않았어도, 그러한 원고를 1년에 최소 5~10개를 편집한다. 연차가 쌓인 편집자, 특히 10년 이상의 경력을 지닌 편집자는 작가가 상상할 수 없을 정도로 많은 원고를 직접 손보아 책으로 만든 경험이 있을 것이다. 그들의 머릿속에는 편집과 마케팅의 성공 사례와 실패 사례에 대한 수많은 데이터가 누적되어 있다. 시장을 분석하고 책을 잘 팔리게 하는 것에 있어서는 편집자의 안목이 더 정확하므로, 일반적으로는 작가는 편집자의 의견에 따르는 것이 좋다.

원고를 작성하는 것은 작가지만, 그 원고를 돋보이게 만들어주는 전문가는 편집자다. 작가는 편집자의 전문성을 신뢰해야 한다. 물론 그렇다고 해서 편집자에게 모든 것을 맡겨야 한다는 말은 아니다. 편집자는 책을 제작하는 데 분명 전문가이긴 하지만, 당신만큼 원고를 잘 알지는 못하기 때문이다.

책의 저자는 당신이다. 책은 당신의 이름으로 세상에 돌아다닌다. 그래서 작가는 자기 원고에 무한한 책임의식을 가져야 한다. 편집자가 교정본을 보내오면 편집상의 실수와 핀트가 어긋난 부분들을 모두 잡아내서 수정을 요구할 정도가 되어야 한다. 편집자도 사람인지라, 편집 과정에서 오타를 내기도 하고, 원고의 내용에 대한 이해가 부족할 경우 작가의 의도에서 벗어난 해석으로 포인트를 줄 수도 있다. 편집자가 책의 핵심을 잘못 짚고 있다면 이를 다시 알려줘야 하며, 책에 적용될 기본 색상이 책의 분위기와 어울리지 않는다면 다른 컬러를 제시해서 설득하는 등 적극적인 소통을 시도해야 한다.

책이 나왔다고 **끝이 아니다.** 이제 **시작일 뿐**이다

예비 작가들은 자신의 첫 책이 출간되어 나오는 순간의 감격을 잊지 못한다. 책이 나오는 순간 사회적으로 뜨거운 관심을 받아 수십만 권이 팔릴 것 같은 희망도 생긴다. 작가 입장에서는 원고를 완성하기까지 투자한 시간과 땀방울 때문에 자신의 작품에 매우 큰 가치를 부여할 수밖에 없을 것이다. 작가에게 책은 배 아파 나은 자녀와도 같은 것이다. 그러나 너무 첫술에 배부르려고 하면 상심이 클 수밖에 없다.

실제로 책이 인쇄되어 세상에 나오면 우리 생각보다 훨씬 냉혹한 상황에 부닥치게 된다. 지금 당장 가까운 서점으로 가보라. 자기를 알아봐 달라며 애원하는 책들이 넘쳐나고 있다. 이 수많은 책 사이에 당신의 책이 섞여 있을 것이다. 독자는 냉정하다. 독자는 당신의 책이 이 세상에 존재하는 것조차 모를 것이다. 어쩌다 한 번 발견해도 5~10초 훑어보고는 바로 다른 책으로 시선을 돌릴 것이다.

시장의 독자들은 철저하게 냉정하다.

독자들은 자신에게 필요하지 않다고 여기는 책은 절대 사지 않으며, 당신의 책과 유사한 콘텐츠를 다루는 책은 시장에도 이미 넘쳐난다.

그래서 이제 '집필 능력'만으로는 부족하다. 작가에게는 마케팅 능력이 필요하다.

예비 저자들은 출판사와 기획출판 계약이 성사된 후, 드디어 작가가 되었다는 생각에 들떠서 모든 것이 끝났다고 생각할 수 있지만, 현실은 전혀 그렇지 않다. 책이 나왔다고 해서 가만히 있으면 안 된다. 책이 나왔다고 가만히 있으면, 세상은 절대로 당신의 책에 눈길 한 번 주지 않을 것이다. 출판시장이 한참 호황이었을 때, 작가는 원고만 완성하고 판매와 마케팅은 출판사가 도맡아 진행해도 별 문제가 되지 않았지만, 출판시장이 어려운 요즘은 작가와 출판사 모두 협력해서 책을 홍보해야 한다.

책을 출간하면 작가가 되는 것은 기본이다. 작가가 되는 게 목표가 되어서는 안 된다. 항상 그 이상의 것을 염두에 두고 책 출간 이후의 계획을 세워두어야 한다. 책의 홍보를 위해 전문 마케팅 대행업체를 고려하는 것도 방법이다. 이때는 투자한 비용 대비 효과가 미약한 경우도 많으므로 신중하게 고려해야 한다. 대행업체를 이용하기로 결정을 내렸다면, 반드시 실력과 효과가 충분히 검증된 업체를 선택해야 한다.

생각해볼 문제들

책이 나오면 당신은 자신의 책을 어떻게 세상에 홍보할 것인가?

당신이 도움을 구할 수 있는 인플루언서가 있는가?

독자들에게 자신 있게 어필할 수 있는 책의 핵심적인 매력은 무엇인가?

타깃 독자들이 많이 모여 있는 커뮤니티는 어디인가?

출간된 책으로 어떻게 퍼스널 브랜딩을 할 것인가?

책 홍보를 전문으로 하는 홍보 대행업체를 활용해보는 것은 어떨까?

출판사는 책을 홍보하기 위해 어떤 계획을 구상하고 있는가?

작가인 내가 책 홍보를 위해 출판사에 협력해줄 수 있는 부분은 무엇일까?

책을 통해 수강생을 모으고 강의를 계획하는 것은 어떨까?

작가의 이름값에 따라 같은 글도 무게가 달라진다

작가의 이름값에 따라 글의 무게는 달라진다. 냉정한 현실을 솔직하게 인정해야 한다. 처음부터 끝까지 똑같은 내용의 책을 출간한다고 해도 책의 저자가 누구인지에 따라 책의 가치와 무게에는 차이가 날 수밖에 없다. 똑같은 글로, 똑같은 대우를 받을 수 있다고 생각한다면 너무 순진한 생각이다. 과장을 조금 보태서, 네임벨류가 있는 작가는 애국가 가사를 그대로 옮겨적어 책을 출간한다고 해도 잘 팔릴 것이다. 이들은 자기 책을 따로 홍보할 필요가 없다.

이들은 이미 대중의 주요 관심사에 들어 있다. 타깃 독자를 신경 쓰지 않고, 자기가 하고 싶은 말만 정리해서 책을 내도, 대중은 그들의 책을 구매해줄 것이다. 그리고 높은 확률로 베스트셀러 순위권에 진입할 것이다. 하지만 당신은 사정이 다르다. 대중은 당신이 누구인지 전혀 모른다. 단지 당신의 책이 주는 효용에 따라 돈을 지불하고 책을 구매할 뿐이다.

당신의 책을 알릴 수 있는 유일한 방법은 홍보밖에 없다. 홍보를 통해 최대한 많은 사람이 당신의 책을 읽을 수 있도록 유도해야 한다. 당신의 책에서 큰 도움을 얻은 독자들이 늘어나야 당신을 알아봐 주는 독자층도 형성되는 것이고, 이 과정이 계속 축적되어야 당신의 네임벨류 또한 높아질 수 있다. 지금 네임벨류가 높은 작가들도 무명 시절에 다 겪었던 과정이다.

필자가 보유한 출판사 연락 정보다.

원고 투고 시 한 번에 너무 많은 출판사에 보내지 말고, 조금씩 소분해서 보내길 바란다. 간혹 출판사 이메일이 변경되었거나 기타 사유로 인해 전송 에러가 나는 경우가 있는데, 이를 고려하여 400개보다 더 많은 출판사 리스트를 첨부했다. 실제로 세어보면 450개보다 많을 것이다. 원고를 투고할 때는 수신자 주소에 바로 복사, 붙여넣기 할 수 있는 한글 파일을 받아보는 편이 나을 것이다. 010-3489-4714는 필자와 바로 연결될 수 있는 전화번호다. 이 번호로 필자에게 요청을 하거나 인스타그램(네이버에서 '신성권'을 검색하면 프로필 정보에 등록되어 있다)으로 메시지를 남기면, 한글 파일을 보내주겠다.

원고를 투고할 때는 원고 원본 파일, 출간기획서, 차례 이렇게 3가지를 함께 첨부하길 바란다. 그리고 출간기획서에는 전화번호 연락처를 꼭 남겨놓아야 한다.

참고로, 당신의 원고에 대해 긍정적인 생각을 가지고 있는 출판사는 십중팔구 전화로 연락을 해올 것이다. 직접적인 대화를 통해 추가적인 정보를 확인하고 바로 계약을 진행하기 위해서다. 만약 원고 투고 후 이메일로 답장을 받았다면, 거의 다 거절하는 내용이라고 보면 된다. 작가가 투고한 원고에 거절 답장을 보낼 때는 출판사도 부담감을 갖기 때문에 직접적인 연락 방법을 취하지 않는다. 이메일로 답장을 보내주거나 무응답으로 일관한다고 보면 된다.

moabooks@hanmail.net, fandombooks@naver.com, sungodo@hanmail.net,
litzpark@daum.net, miraebook@hotmail.com, mirbooks@hanmail.net,
postmaster@bybooks.co.kr, vegabooks@naver.com, spring_grass@nate.com,
book@itooza.com, webmaster@bookie.co.kr, cgjpower@yahoo.co.kr,
booknomad@gmail.com, sjh0911@paran.com, bookthink2@naver.com,
book21@book21.co.kr, mokdong70@paran.com, write@bookcosmos.com,
bukhive@gmail.com, book_herb@naver.com, brainstore@chol.com,
visioncorea@naver.com, bb@businessbooks.co.kr, editor@kpi.or.kr,
book@sallimbooks.com, book@isamtoh.com, thinkinglabbook@gmail.com,
3347932@gmail.com, seokyodong1@naver.com, editor@seodole.co.kr,
coh@cyber.co.kr, seniorc@naver.com, webmars@msn.com, smartbiz@sbpub.net,
scola@wisdomhouse.co.kr, starbooks22@naver.com, jisubala@hanmail.net,
cutecong@spress.co.kr, sidaebooks@hanmail.net, adad1515@naver.com,
book@smpk.kr, seentalk@naver.com, aradione@naver.com, books777@naver.com,
areesem@gmail.com, imbook@imbook.net, iconbooks@hanmail.net, book@eiji21.com,
ecolib@naver.com, yeonamseoga@naver.com, yeonin7@hanmail.net,
mua010917@naver.com, whatiwant100@naver.com limca1972@hanmail.net,
woolimsa1016@naver.com, khg0109@hanmail.net, winnersbook2@naver.com,
wisdomhouse1@wisdomhouse.co.kr, ehbook@ehbook.co.kr, innerbook@naver.com,
yirang55@naver.com, esoope@korea.com, esoopbook@daum.net, esoope@naver.com,
yakyeo@hanmail.net, ecobook@paran.com, book@econbook.com, mgtco@naver.com,
enlightenme.book@gmail.com, eeleebooks@naver.com, itbook1@gmail.com,
jaedoori@hanmail.net, ky5275@hanmail.net, jsbookgold@naver.com,
master@positive.co.kr, igooddays@naver.com, bonlivre@hanmail.net,
joongangwiz@gmail.com, knomad@knomad.co.kr, editor@jisikframe.com,
book@jinmyong.com, jinsunbooks@naver.com, zinggumdari@hanmail.net,
chamdolbook@naver.com readerb@naver.com, bookvillagekr@yahoo.co.kr,
chekpoong@naver.com, BooksOnWed@gmail.com, bookzee@naver.com,
cr1@chungrim.com, greenfishbook@hanmail.net, sonlover@naver.com,
bookkd@naver.com, kpub@kpub.co.kr, btreepub@chol.com, 2gotime@gmail.com,
kimnang@naver.com, tismap@daum.net, hohoho4u@hanmail.net,
pampas@pampasbook.com, purplecowow@gmail.com, pyongdan@hanmail.net,

editor@prunsoop.co.kr, dreams@greenknowledge.co.kr, webmaster@planetmedia.co.kr,
yangpa6@hanmail.net, haneulbook@naver.com, hakjisa@hakjisa.co.kr,
book@hanibook.co.kr, info@hansmedia.com, haneon@haneon.com,
hantee@empal.com, foodaholic@hanmail.net, hainaim1625@naver.com,
e21chope@hanmail.net, dayonha@hanmail.net, latentman75@gmail.com,
kjs9653@hotmail.com, editor@hongikbooks.com, benhur@hwangsobooks.co.kr,
hbooks@empal.com, book@hbooks.co.kr, geuldam4u@naver.com,
wjgalleon@gmail.com, daerimbooks@naver.com, scrap30@msn.com,
conadian2003@hanmail.net, galabooks@naver.com, idamedia77@hanmail.net,
book@ibookroad.com, editor@yolimwon.com, storyou7@gmail.com,
sunyoungsa@hanmail.net, help@bookbee.co.kr, shwimbook@hanmail.net,
namucycle@gmail.com, dodreamedia@naver.com, editorial@openbooks.co.kr,
dal@munhak.com, walkingbooks@naver.com, human@changbi.com,
bkworld11@gmail.com, acrossbook@gmail.com, mhk65@naver.com,
seedbook@seedbook.com, hanbitbiz@hanbit.co.kr, elancom@naver.com,
secretary@nexusbook.com, ehbook@ehbook.co.kr, wc4300@wcbooks.co.kr,
booknamu2007@naver.com, syskbooks@naver.com, book@isamtoh.com,
and@andbooks.co.kr, books@influential.co.kr, planet514@sigongsa.com,
bookpub@hanmail.net, alba21@naver.com, mbpub@hanmail.net,
zonewoong@naver.com, iremedia@naver.com, dmjjang99@naver.com,
copyright@jigs.co.kr, dosadol@hanmail.net, nurim3888@hanmail.net,
unnet21@dasanbooks.com, sol@minumsa.com, dogampo2@naver.com,
coda7647@hanmail.net, courrierbook@naver.com, yamoo_kr@hanmail.net,
mountainfire@hanmail.net, 31419120@hanmail.net, ansxz@naver.com,
gadian7@naver.com, galim@galim.co.kr, kevinmanse@hanmail.net,
sbstou@hanmail.net, garamnuri@hanmail.net, treebe@daum.net,
sunwoo1882@daum.net, tohong@paran.com, gesunamu21@hanmail.net,
350kim@naver.com, geuleul@hanmail.net, geulpub@gmail.com, walkart@naver.com,
arche7777@naver.com, ggumgyeol@naver.com, anminwng@hanmail.net,
cordis1004@naver.com, information@auri.re.kr, gonjac@msn.com,
goraebooks@hanmail.net, graphicnet@hanmail.net, ksdsksds@hitel.net,
guroo@guroo.co.kr, ishtar@gutda.com, gyoyangin@naver.com,

info@koreanglobalfoundation.org, kijeonpb@naver.com, kiprint@chol.com,
whalestory3@naver.com, kms2004@kyungmoon.com, kukminpub@hanmail.net,
koryo81@hanmail.net, kungree@kungree.com, chulpan@kwnews.co.kr,
kyongsae@hanmail.net, kypub@paran.com, geosong39@naver.com,
goldagebook@naver.com, oods1205@hanmail.net, dreameunsook@hanmail.net,
ssts333@naver.com, gnbooks@hanmail.net, storywell@naver.com,
kindjoon@hanmail.net, chj78@hotmail.co.kr, luksteel@hanmail.net,
editor@sapyoung.com, korish79@naver.com, baram@bombaram.net,
fkafka00@hanmail.net, cg2000@naver.com, ecolivres@hanmail.net,
yms1993@chol.com, eyang@rhk.co.kr, sidaebooks@daum.net, shmj21@hanmail.net,
yunj@hotmail.com, whathagy@hanmail.net, eulyoo1945@gmail.com,
duzonlife@empal.com, jmanga@naver.com, tamdeog@naver.com, antz710@naver.com,
hanul@hanulbooks.co.kr, acornpub@acornpub.co.kr, withswoo@hanmail.net,
ideas0419@hanmail.net, uhme@chol.com, coolsey@okdangbooks.com,
cloud@cloudbooks.co.kr, galapagos@chol.com, editor@dongnyok.com,
visioncorea@naver.com, yoon@wikibook.co.kr, yemun@yemun.co.kr,
academybook@hanmail.net, barambook@paran.com, bookaltus@hanmail.net,
waterbearpress@naver.com, bookdd@naver.com, barunbooks7@naver.com,
obeybooks@naver.com, kmos@jinswon.co.kr, ssongbooks@naver.com,
book@eiji21.com, easy@easyspub.co.kr, argus@acanet.co.kr, chaekguru@naver.com,
100doci@naver.com, kty0651@hanmail.net, kty0651@hanmail.net,
midnightbookstore@naver.com, book_herb@naver.com, glbabstory@naver.com,
poetry77@naver.com, cheongmirae@hotmail.com, conanpress@gmail.com,
mementopub@naver.com, com.hugo@hugobooks.co.kr, vbook@chosun.com,
contact@gabooks.kr, whitetv@naver.com, hbts1053@hanmail.net,
simonbooks@naver.com, anglebooks@naver.com, onobooks2018@naver.com,
siaskin@ssbooks.com, soulhousebook@naver.com, bookmaster@geuldam.com,
100doci@naver.com, magobooks@naver.com, originhouse@naver.com,
mark4572@naver.com, humanity@openbooks.co.kr, wankukang@gmail.com,
eugene_hyun@hotmail.com, book@hackers.com, toiecclinic@ybmsisa.co.kr,
nikelion@naver.com, mindbook@mindbook.co.kr, sun701@chol.com,
twkim220@naver.com, ployd@naver.com, echobook@naver.com, hjmiro@naver.com,

ppi20@hanmail.net, saramin@paran.com, bookplanet@naver.com, pullm63@empal.com,
kdpub@naver.com, gilbut_kid@naver.com, moonji@moonji.com, booksoop@korea.com,
editor@hyeonamsa.com, munsa@munsa.co.kr, hangilsa@hangilsa.co.kr,
imagine1000@naver.com, bookbybook@kpm21.co.kr, sosori39@hanmail.net,
greyung@naver.com, manjjoy@naver.com, daoyan@gmail.com, henamu@hotmail.com,
cheongmirae@hotmail.com, sigma@spress.co.kr, info@moonye.com,
ewhobooks@gmail.com, webmaster@nanam.net, hana@viabook.kr,
sc1992@empal.com, editor@greenreview.co.kr, one@hanmunhwa.com,
hkmh73@paran.com, yibom01@gmail.com, jk-books@daum.net,
edit@sechangpub.co.kr, bookswin@unitel.co.kr, book@seoulmedia.co.kr,
onlyonebook@gmail.com, iroomnamu@naver.com, dhbooks96@daum.net,
munhak@jamobook.com, idea444@naver.com, books777@naver.com,
pjh7936@daum.net, tmakerpub@daum.net, bkworld11@gmail.com,
naraeyearim@naver.com, starbooks22@naver.com, seokyobooks@naver.com,
rubybox@rubybox.co.kr, thothbook@naver.com, webmaster@bookie.co.kr,
book@writinghouse.co.kr, logopolis@naver.com, 85skk7792@hanmail.net,
idamedia77@daum.net, grtgbooks@gmail.com, trustbooks@naver.com,
esoopbook@daum.net, 0314827000@daum.net, editor@voozfirm.com,
bmbooks@naver.com, publish@kstudy.com, tpowerstation@daum.net,
mariwith@naver.com, humancomedy@paran.com, thinkbankb@naver.com,
nabirangbook@naver.com, books777@naver.com, ekbooks@naver.com,
jongmhs@naver.com, pub95@naver.com, info@moonye.com,
myhealings@naver.com, hanyeuna@gmail.com, editor@pegasusbooks.co.kr,
insert0124@naver.com, everybk@daum.net, btreepub@naver.com, pub@mbccni.co.kr,
taraepub@nate.com, mindprinting@daum.net, sales@marubol.co.kr,
itbook1@gmail.com, editor-q@daum.net, leaderbooks@daum.net,
marubebooks@naver.com, blc2009@naver.com, joongangwiz@gmail.com,
kookhak2001@daum.net, book@bobbook.co.kr, haneulbook@naver.com,
kjs9653@hotmail.com, ppi20@daum.net, spring_grass@nate.com,
thecleceo@naver.com, ksbdata@daum.net, dhbooks96@hanmail.net,
design_eda@naver.com, c9book@naver.com, elman1985@hanmail.net,
sgr17@naver.com, moabooks@hanmail.net, book@sallimbooks.com,

cheombooks@cheom.net,　visioncorea@naver.com,　abiyopub@gmail.com,

ksc6864@naver.com,　so20s@naver.com,　idea4282@gmail.com,　bhcenter@daum.net,

bmark@bmark.co.kr,　appletales@naver.com,　yakyeo@daum.net,　insightbooks@daum.net,

booknamu2007@naver.com,　jinsungok@empal.com,　mindbooks@nate.com,

jbooks@joongang.co.　krbook155@naver.com,　publish@mk.co.kr,

mellonml@naver.com,　editor@gloseum.com,　scrap30@msn.com,　kpm@kpm21.co.kr,

gtpub@naver.com,　chekpoong@naver.com,　starbooks22@naver.com,

pceo@daum.net,　cassiopeiabook@gmail.com,　master@yemundang.com,

iconbooks@daum.net,　arumbook@daum.net,　doduls@naver.com,

narawon@narawon.co.kr,　gyoyangin@naver.com,　gilbut@gilbut.co.kr,

dayeonbook@naver.com,　kyungsungline@daum.net,　hks33@daum.net,

miraebook@hotmail.com,　pullm63@empal.com,　btreepub@chol.com,

minato3@daum.net,　kus7777@daum.net,　tree3339@daum.net,

daesungbooks@korea.com,　2010sr@naver.com,　mirae715@daum.net,

ky5275@daum.net,　benhur@hwangsobooks.co.kr,　nongbu901@daum.net,

muhanbook7@naver.com,　kugil@ekugil.com,　butterflyrun@naver.com,

pyongdan@hanmail.net,　book@smpk.kr,　wisdomhouse1@wisdomhouse.co.kr,

toogo@munhak.com,　otherself@tornadobook.com,　saraminpark@daum.net,

sunaoni@empas.com,　fandombooks@naver.com,　editoramylee@gmail.com,

daerimbooks@naver.com,　weball@naver.com,　midasbooks@hanmail.net,

bonlivre@hanmail.net,　editor@visionbp.co.kr,　bhcbang@hanmail.net,

hanbit_biz@naver.com,　hwangsobooks@naver.com,　whitetv@naver.com,

kugil@ekugil.com,　fika@fikabook.io,　yklee@uibooks.co.kr,　jmoo100@hanmail.net,

누구나 쉽게 작가가 될 수 있다

초판 1쇄 인쇄	2023년 03월 06일
2쇄 발행	2023년 03월 15일

지은이	신성권
발행인	이용길
발행처	MOABOOKS 모아북스

총괄	정윤상
디자인	이룸
관리	양성인
홍보	김선아

출판등록번호	제 10-1857호
등록일자	1999. 11. 15
등록된 곳	경기도 고양시 일산동구 호수로(백석동) 358-25 동문타워 2차 519호
대표 전화	0505-627-9784
팩스	031-902-5236
홈페이지	www.moabooks.com
이메일	moabooks@hanmail.net
ISBN	979-11-5849-197-0 03800

당신이 생각한 마음까지도 담아 내겠습니다!!

책은 특별한 사람만이 쓰고 만들어 내는 것이 아닙니다.
원하는 책은 기획에서 원고 작성, 편집은 물론,
표지 디자인까지 전문가의 손길을 거쳐
완벽하게 만들어 드립니다.
마음 가득 책 한 권 만드는 일이 꿈이었다면
그 꿈에 과감히 도전하십시오!

업무에 필요한 성공적인 비즈니스뿐만 아니라 성공적인 사업을 하기 위한
자기계발, 동기부여, 자서전적인 책까지도 함께 기획하여 만들어 드립니다.
함께 길을 만들어 성공적인 삶을 한 걸음 앞당기십시오!

도서출판 모아북스에서는 책 만드는 일에 대한 고민을 해결해 드립니다!

모아북스에서 책을 만들면 아주 좋은 점이란?

1. 전국 서점과 인터넷 서점을 동시에 직거래하기 때문에 책이 출간되자마자 온라인, 오프라인 상에 책이 동시에 배포되며 수십 년 노하우를 지닌 전문적인 영업마케팅 담당자에 의해 판매부수가 늘고 책이 판매되는 만큼의 저자에게 인세를 지급해 드립니다.

2. 책을 만드는 전문 출판사로 한 권의 책을 만들어도 부끄럽지 않게 최선을 다하며 전국 서점에 베스트셀러, 스테디셀러로 꾸준히 자리하는 책이 많은 출판사로 널리 알려져 있으며, 분야별 전문적인 시스템을 갖추고 있기 때문에 원하는 시간에 원하는 책을 한 치의 오차 없이 만들어 드립니다.

기업홍보용 도서, 개인회고록, 자서전, 정치에세이, 경제 · 경영 · 인문 · 건강도서

모아북스
MOABOOKS 문의 0505-627-9784